Laure ONYL

Domination

Quand le sexe, la mode et le féminisme s'allient pour ne former qu'un

Ce livre est une œuvre de fiction. Toute similitude avec des personnages ou des évènements existant ou ayant existé serait purement fortuite.

À toutes les femmes qui voudraient goûter aux
frissons de la domination.
Et à tous les hommes qui soumettent les femmes
avec leur consentement pour leur plus grand plaisir.

Prologue

Monique Larue a dit un jour *« le sexe, c'est toujours une relation de pouvoir, qu'on le veuille ou non. Il faut une lutte, une domination de l'un sur l'autre ! Sinon, ça ne marche pas »*. Et je crois qu'elle n'a pas tout à fait tort, car dans un rapport sexuel, il arrive toujours un moment où il existe un dominant et un dominé. Les rôles peuvent s'inverser, mais je compte parmi ceux qui dominent et non parmi ceux qui se font dominer.

La domination est un phénomène qui va bien au-delà du simple plaisir sexuel du dominant. D'ailleurs, en réalité, mon plaisir est probablement la chose qui m'importe le moins lorsque je soumets les femmes.

Car la domination ne trouve son sens que lorsque la personne sur qui on l'exerce est complètement réceptive et c'est alors à ce moment-là que mon désir est comblé. Il l'est d'abord par la compersion, car dominer les femmes stimule tous mes sens. Puis il l'est ensuite par la copulation, car je pense que nul n'est jamais aussi épanoui sexuellement que lors de la pénétration.

La domination est aussi une façon tordue de concevoir les rapports sexuels entre un homme et une femme. Le partage devrait être suffisant, le fait de se retrouver nu l'un contre l'autre, d'échanger des baisers, de se toucher avec ardeur, de se séduire... Mais l'exercice de la domination sexuelle, notamment de la domination masculine, n'est pas toujours saine. Elle est parfois sadique et ne tient absolument pas compte du plaisir de la soumise alors qu'elle était à l'origine d'une attrayante proposition.

La domination c'est le fait d'assujettir la gent féminine pour un plaisir sexuel mutuel et consensuel. J'aime voir les femmes se tordre de plaisir sous mes doigts, sur mon sexe et grâce à tous les sextoys et gadgets que j'utilise pour les faire vaciller dans une dimension supérieure à l'épanouissement sexuel.

La domination n'est efficace qu'à condition que la soumise soit docile, elle n'est que physique, elle ne tient pas compte de la personne si ce n'est de sa vulnérabilité et de son appétence à se soumettre. En somme, la domination est l'illustration d'un rapport de forces sexuel. Du moins, j'étais sûr de penser de cette manière jusqu'à ce que je la rencontre, elle. Krys Ravis n'a absolument rien à voir avec ce qui est dans la norme, car elle est tout simplement elle. Et elle bouscule tout chez vous sans que vous ne vous en rendiez compte.

1- Krys

Monsieur Laynn entre dans la pièce alors que nous sommes tous attroupés dans la salle principale du troisième étage. Le bâtiment est immense, il doit compter une vingtaine d'étages, mais il a l'air minuscule au milieu de l'immensité de Londres. Je suis interrompue dans mes pensées quand monsieur Laynn pose sa question pour la seconde fois :

— Où est ma première assistante ?

— Je suis là monsieur Laynn.

Ma voix peine à se faire entendre, car je suis dans le fond de la pièce. Donc j'essaye de me frayer un chemin à travers les centaines de gens agglutinés devant moi. Tout le monde semble m'observer alors, je fais tout pour avoir l'air gênée, voire même confuse. J'arrive enfin devant monsieur Laynn qui me dévisage d'un air sévère. Je baisse les yeux rapidement pour regarder mes pieds, puis le regarde dans les yeux pour murmurer :

— Navrée, monsieur Laynn, je ne vous avais pas entendu.

— C'est bien ce que je vous reproche. Mettez-vous là. Jayce et Natacha, vous pouvez également prendre place derrière moi.

Il ne s'attarde pas plus sur mon cas et désigne deux autres personnes. Natacha est magnifique, elle est grande, brune, les yeux foncés légèrement en amande et elle a d'incroyables jambes élancées. Jayce quant à lui est plutôt beau garçon, il est légèrement maquillé au niveau des yeux et porte un châle vert prasin accordé à son pantalon. J'ai appris à distinguer pratiquement toutes les nuances de couleurs quand j'étais dans mon école de mode à Paris. Avec ma meilleure amie de l'époque, nous nous amusions à nous interroger sur les divers échantillons de couleurs que les profs nous donnaient pendant les cours. Je n'ai plus de ses nouvelles désormais, c'est dommage parce que je l'aimais beaucoup. J'espère qu'elle se porte bien et qu'elle a pu s'en sortir avec toutes ses galères.

Enfin bref, je pense qu'à nous trois, nous formerons une belle équipe. Natacha est plutôt distante, mais Jayce m'a l'air vraiment sympathique. D'ailleurs, il se tourne vers moi alors que nous sommes derrière monsieur Laynn pour me chuchoter quelque chose :

— Salut beauté, moi c'est Jayce, je pense que toi et moi on va bien s'entendre.

J'essaye d'étouffer mon rire du mieux que je peux, mais c'est sans grande victoire, car monsieur Laynn s'interrompt en plein milieu de sa phrase avant de reprendre quelques secondes plus tard.

Mon Dieu, ça m'a paru être une éternité.

Je ne dois pas me faire remarquer et moi je n'ai pas de meilleure idée que de me mettre à glousser derrière mon patron.

C'est très malin ça Krys !

Je dois me reprendre et rapidement, car je ne tiens pas à ce que qui que ce soit découvre ce que j'ai fait dans le passé pour avoir la chance d'être ici aujourd'hui.

Monsieur Laynn finit sa présentation par une blague sur *Le diable s'habille en Prada*. C'est l'un de mes films préférés. Anne Hathaway incarne à merveille le rôle d'Andrea, une jeune femme pleine d'ambition qui ne désire qu'écrire, mais qui se retrouve plongée dans l'univers de la mode new-yorkaise ainsi que toutes ses attentes. L'ascension de son personnage tout au long du film a été très bien pensée par l'écrivaine Lauren Weisberger.

— Trêve de plaisanteries, vous pouvez vous mettre au travail.

Une fois que tout le monde commence à s'affairer, monsieur Laynn nous demande de le suivre jusqu'à son bureau. Nous marchons dans un long couloir vitré qui mène à l'ascenseur. Il sort une clé de la poche gauche de son costume, la met dans la serrure de l'ascenseur visiblement prévue à cet effet et appui sur l'étage numéro 26.

Évidemment son bureau est celui qui est situé le plus haut dans le bâtiment.

Lorsque les portes de l'ascenseur s'ouvrent, nous entrons dans un long couloir qui mène à une porte noire où est inscrit « Robyn Laynn » sur une plaque métallique. Je me tourne vers monsieur Laynn qui m'indique du regard de pousser la porte.

Quand j'entre dans la pièce, je manque de tomber par terre.

Seigneur ! C'est un bureau ou une salle de spectacle ?

Je n'ai jamais vu un bureau pareil. Il est tout à fait splendide et donne sur une vue qui surplombe toute la ville de Londres. Le soleil brille de mille feux et le ciel ne compte pas un seul nuage. Je prends quelques instants pour admirer la vue et me tourne vers la pièce en elle-même. Jayce et Natacha n'ont pas l'air d'être aussi impressionnés que moi.

Ils doivent travailler ici depuis longtemps.

Monsieur Laynn dispose de technologies dernier cri : téléphones, ordinateurs, montres et enceintes Apple en tout genre. Son bureau est très vaste, les murs sont gris perle, ce qui colle parfaitement avec son office et son étagère gris quartz.

Qui a besoin d'autant de place pour travailler, sérieux ?

Le sol est recouvert d'une moquette d'un blanc éclatant. Je me demande comment ce truc peut garder une couleur aussi étincelante et surtout quel est l'intérêt de mettre une couleur aussi claire au sol alors que l'on marche dessus toute la journée. Cette opinion n'engage que moi évidemment, mais je trouve que c'est de l'argent dépensé inutilement. Et puis, je vois très mal monsieur Laynn accroupi au sol en train de frotter une tache de café.

Deux plantes vertes se trouvent de part et d'autre de la vue imprenable sur la capitale anglaise et un grand canapé en cuir beige est disposé devant le mur de la bibliothèque par lequel nous sommes entrés. Je n'avais même pas remarqué la présence du canapé avant cet instant tant j'étais scotchée par la beauté de la ville. Je crois que de tous mes rêves de jeunes filles, habiter à Londres est celui qui, pour moi, était le moins réalisable et pourtant, voilà que je suis dans le bureau du plus grand chef d'entreprise de mode au monde, à baver devant la magnificence du paysage qui s'offre à mes yeux.

D'ailleurs, j'avais complètement oublié que j'étais sur mon lieu de travail quand Robyn me rappelle la raison de notre présence dans son bureau :

– Comme vous l'avez entendu au cours de ma présentation, ces prochaines semaines vont être très chargées. Elles le seront surtout parce que nous allons passer d'un magazine mensuel à un magazine hebdomadaire. J'ai déjà trois shootings de prévus d'ici la fin de semaine prochaine. Natacha, tu t'assureras que les créneaux et l'organisation des shootings sont respectés. Nous n'avons pas le droit à l'erreur. Jayce tu superviseras toute la partie maquillage. Voici les diverses idées auxquelles j'ai pensé par rapport à mes créations. Je sais qu'elles ne te conviennent pas toujours et que vous finissez systématiquement par faire ce que vous voulez, alors tachez de m'en mettre plein la vue comme à votre habitude. Et, n'abusez pas sur les paillettes *s'il vous plaît*.

Il tend à Jayce plusieurs feuilles au format A3 avec des visages de femmes maquillées, des croquis, des photos de tenues... Jayce pousse un petit cri et tente de parler avant que monsieur Laynn ne le coupe :

— Vous, mademoiselle Ravis, vous vous occuperez de la rédaction des publications qui composent le journal en collaboration avec l'équipe de la rédaction et moi-même. Jayce et Natacha vous expliqueront tout plus en détail.

Il me tend un magazine. Il n'est pas très épais, mais il vaut vraiment le détour. La couverture est grise *encore*, mais c'est un gris différent, plus foncé, plus brut. Le choix du gris bitume est intelligent puisqu'il fait ressortir la beauté des trois modèles. L'une est plus âgée que les deux autres, elle est très belle et doit avoir la cinquantaine. Les deux autres modèles se ressemblent étrangement, elles se font face aux côtés de la femme d'âge mûr et sont toutes trois vêtues d'une longue robe tulle plissée rouge.

Je trouve la robe splendide. De plus, elle fait parfaitement honneur au titre de la couverture ***La mode, un mode d'expression du pouvoir féminin***. J'aime beaucoup le jeu de mots, il est volontairement répétitif et c'est ce qui rend la couverture intrigante. J'ai presque envie de lire l'intérieur dès maintenant, mais monsieur Laynn me sort de mon euphorie :

— Avez-vous des questions ?

Ai-je une question ? Je crois que tout a été dit. Il faut que je réfléchisse. Ah mais oui, j'ai carrément une question, j'ai failli oublier :

— Excusez-moi, monsieur Laynn.

Alors que ma voix est toute petite est discrète, son ton est dur et froid :

— Oui, qu'y a-t-il ?

— Qui se chargera de réaliser les croquis pour le lancement de votre prochaine collection ?

Il réfléchit une seconde à ma question avant de me donner une réponse à laquelle je ne m'attendais pas du tout :

— Pour l'instant je vous ai assigné à une tâche, nous verrons en temps et en heure s'agissant du reste de vos fonctions. Si vous n'avez pas de questions sérieuses à me poser, je vous laisse vous mettre au travail. Mademoiselle Ravis, voici un plan du bâtiment, je n'ai pas le temps de vous faire visiter aujourd'hui, mais nous nous occuperons de cela la semaine prochaine.

Non mais il se prend pour qui celui-là ? Ma question était plus que sérieuse : la collection doit sortir dans un mois et demi et j'aimerai participer à sa réalisation. C'est pas sérieux ça peut-être comme ambition ?

Je bouillonne de l'intérieur, mais je ne réagis pas. Au lieu de ça, je baisse les yeux pour que personne, pas même Jayce, ne puisse percevoir la colère dans mon regard. Quand je lève les yeux, ce dernier me regarde avec compassion et me fait signe de le suivre.

— Attendez, une dernière chose, je vous ai choisi pour constituer mon équipe d'assistants. Vous savez à quel point ce projet est important et doit être mené à la perfection. Donc, je compte sur vous pour ne pas me décevoir.

Et sur ces mots nous tournons les talons jusqu'à la porte coulissante de l'ascenseur.

Je sens que la journée va être longue et que je vais super bien m'entendre avec mon patron !

2- Robyn

J'ai décidé de donner un nouveau souffle à ma compagnie à partir d'aujourd'hui. J'ai entendu parler d'une jeune femme très talentueuse de vingt-quatre ans, tout juste sortie de la plus prestigieuse école de mode à Paris. J'espère qu'elle saura répondre à mes exigences. J'en ai ras le bol des assistantes qui ne savent pas aligner trois mots sans bégayer et triturer des mèches de leurs cheveux comme des idiotes. J'attends un minimum de professionnalisme de la part des personnes qui travaillent pour moi et gèrent les choses au plus près de moi dans l'entreprise. *Est-ce trop demander ?*

Je me souviens de cette conversation – s'il est possible d'appeler cet échange une conversation – que j'ai eu avec Lexy mon ancienne première assistante :

— Lexy, avez-vous préparé la liste de passage des mannequins pour le défilé comme je vous l'ai demandé il y a deux jours ?

— Je… oui, monsieur La-ynn… mais nous avons rencontré quelques petits soucis…

Elle prend une mèche de ses cheveux qu'elle enroule nerveusement autour de son index avant de reprendre sa phrase :

— Nous n'avons… enfin je n'ai pas réussi à les joindre… elles ne répondaient pas et euh… je leur ai laissé un message, j'attends une réponse.

— Depuis quand travaillez-vous pour moi Lexy ?

— Depuis deux mois et demi.

— Et savez-vous quand a lieu le défilé ?

— Dans deux jours, monsieur Laynn.

— Merci ! Et donc, trouvez-vous normal le fait de ne pas avoir la liste de passage finale des mannequins deux jours avant l'événement ?

— Je euh… excusez-moi… c'est que je ne savais pas comment faire pour m'en sortir… et, je ne voulais pas vous déranger… Je, je suis désolée.

— Moi aussi je suis désolé. Je devrais vous virer pour ça. Je ne vous paie pas pour bayer aux corneilles et attendre que la journée passe. C'est la dernière fois que cela se produit et je compte bien m'en assurer. Je vous retire le poste de première assistante, vous travaillerez avec le reste de l'équipe dès la fin de semaine prochaine.

— Je… merci, monsieur Laynn.

— Ne me remerciez pas, vous pouvez disposer. Ne me faites pas regretter de vous avoir gardé. Et à l'avenir, consultez vos collègues, ils peuvent vous être utiles !

Je la regarde avec un léger sourire avant de clore mon propos :

— Quand vous cherchez un numéro par exemple.

Elle est sortie de mon bureau sans un mot et depuis je n'ai eu aucun mauvais retour de l'équipe d'encadrement des projets. Donc, il faut croire que mes méthodes fonctionnent.

Je suis tout juste à l'heure pour commencer ma présentation devant les employés qui m'accompagneront pendant la réalisation de mon projet « Femmes influentes ».

J'entre dans le bâtiment marbré gris flanelle à mon nom et me dirige vers l'ascenseur en saluant Anny et Lyght à l'accueil.

Il faudrait que je pense à les augmenter ces deux-là.

Cela fait plusieurs années qu'ils travaillent pour moi et ils sont vraiment géniaux.

Quand j'arrive au troisième étage, sans surprise, la pièce grouille de monde. Je repère quelques têtes que je connais déjà et d'autres qui me sont tout à fait inconnues puis je prends la parole :

— Bonjour à toutes et à tous, bienvenue chez Laynn Agency pour ceux qui font leurs premiers pas au sein de mon entreprise. J'espère que vous avez pu vous reposer, car pendant les huit prochaines semaines, nous aurons du pain sur la planche. Nous allons commencer dès à présent. Tout d'abord, où est ma première assistante ?

Personne ne semble être concerné par ce que je viens de dire alors je répète un peu plus fort :

— Où est ma première assistante ?

— Je suis là monsieur Laynn.

Une jeune femme au teint métissé se faufile à travers la masse de monde. Ses cheveux sont bouclés, d'un châtain presque doré tant il brille à la lumière. Elle a l'air extrêmement gênée et elle fait bien car je déteste avoir à me répéter, encore moins lors d'une présentation. J'ai besoin que tout le monde soit attentif et ce, d'autant plus, venant de ma première assistante, censée m'accompagner au plus près pendant toute cette période.

J'ai essayé d'avoir un premier assistant masculin il y a quelques années, mais cela ne me convenait pas du tout. Il était trop souvent en retard, négligent et totalement incapable de faire plus d'une demi-chose à la fois. Son travail était toujours bâclé, je passais plus de temps à refaire ce qui était mal fait que lui n'en passait à bien travailler. Donc, autant vous dire que c'était un calvaire. Le pauvre Jim a dû récupérer ses affaires au bout d'une semaine. Mais, j'ose espérer que depuis le temps, il a appris de ses erreurs pour mieux s'appliquer dans les tâches qui lui sont confiées. Depuis ce jour, je me suis juré que je n'aurai plus jamais de premier assistant homme. Je trouve que les femmes sont plus matures, plus soignées et bien plus organisées que les hommes. Et, généralement, elles ne se plaignent pas et savent prendre leur mal en patience. Je préfère avoir dans mon équipe des gens compétents plutôt que des gens qualifiés qui n'en foutent pas une.

Elle se présente devant moi les yeux remplis de confusion. Elle regarde ses pieds puis glisse d'une voix trop basse pour que les autres ne puissent l'entendre :

— Navrée, monsieur Laynn, je ne vous avais pas entendu.

— C'est bien ce que je vous reproche. Mettez-vous là.

J'ai parlé un peu plus fort que je ne le voulais, mais ce n'est pas grave, je n'ai pas de temps pour me retarder à cause de futiles soucis de forme.

— Jayce et Natacha, vous pouvez également prendre place derrière moi.

Je les pointe du doigt à tour de rôle pour leur indiquer de rejoindre mademoiselle Ravis qui se trouve derrière moi et je continue ma présentation :

— Aujourd'hui j'ai la volonté de faire de Laynn Agency une entreprise porteuse d'un message puissant sur la femme et ses accomplissements dans la société moderne.

De grands yeux de toutes les couleurs s'ouvrent simultanément. Ils semblent tous pendus à mes lèvres et je suis heureux de voir que mon nouveau projet leur fait cet effet-là.

J'y ai quand même réfléchi pendant plusieurs semaines.

Je poursuis :

— Vous devez savoir que mes collections sont destinées aux deux sexes sans discrimination. Mais, cette collection est volontairement différente. Je veux mettre en lumière les différents aspects de la femme influente du vingt-et-unième siècle et pour cela…

Je m'arrête en plein milieu de ma phrase lorsque j'entends la nouvelle glousser.

Ils se foutent de ma gueule ces deux-là.

Je préfère ne faire aucune remarque, c'est son premier jour, je vais être indulgent même si j'ai juste envie de lui hurler dessus parce qu'elle est censée être celle qui est la plus préoccupée par tout ce que je raconte. Au lieu de ça, elle préfère se marrer avec Jayce. D'ailleurs je vais lui en toucher deux mots à celui-là.

Il est hors de question que qui que ce soit sabote mon projet, il est bien trop important à mes yeux.

— Je vous disais que, pour cela, j'exige de vous que vous écoutiez minutieusement ce que vous diront les trois assistants, mais également que vous preniez note de tous les conseils et recommandations de l'équipe d'encadrement des projets. Les détails vous seront communiqués dès que j'aurai quitté la pièce. Si vous avez des questions, vous pouvez les poser à l'équipe d'encadrement qui se tient à votre écoute. J'ai également décidé, pour cette occasion spéciale, de mettre à votre disposition une boîte à questions et une boîte à idées. Je pense qu'il est inutile de vous expliquer l'utilité de ces boîtes puisque leur nom parle de lui-même. Vous pouvez mettre dans la boite à idées tout ce qui vous passe par la tête et qui est, évidemment, en lien avec la mode. Les boîtes sont volontairement anonymes pour que vous vous sentiez toutes et tous libres de me faire vos propositions sans avoir à brider votre créativité. Votre poste n'est pas important, seules vos idées m'intéressent. Les meilleures idées seront récompensées, bien entendu. N'allez pas croire que je compte m'approprier votre travail ou que je suis un bourreau qui aspirera votre âme au nom de la mode. Je suis exigeant, c'est indéniable, mais nous ne sommes pas non plus dans *Le diable s'habille en Prada.*

Jusqu'alors, les employés qui m'écoutaient silencieusement se mettent à rire à l'évocation du célèbre film de David Frankel. Je trouve ce personnage inspirant, car rien ne peut l'arrêter, pas même les difficultés les plus inattendues.

Les salariés sortent peu à peu de la salle et j'invite mes assistants à me suivre dans mon bureau. La petite nouvelle ne parle pas beaucoup, mais elle est très observatrice. Je la vois poser son regard sur la clé lorsque je l'insère dans la serrure pour monter au dernier étage du bâtiment. Ce bureau est secondaire en réalité, mais c'est généralement à cet endroit que je fais le point avec mes collaborateurs. Le fait qu'il soit au dernier étage nous permet d'être au calme, car le building est souvent très bruyant. Et, j'admets que j'ai un faible pour ce bureau parce qu'il donne sur une vue spectaculaire de la capitale.

Nous sortons de l'ascenseur et Krys se dirige la première dans le couloir qui mène à mon bureau. Elle jette un regard dans ma direction pour savoir si elle peut entrer.

Cela me parait évident puisque je les ai fait monter jusque-là.

Elle entre dans la pièce, contourne le canapé qu'elle ne semble pas avoir vu et se laisse aller à la contemplation : la vue, mon bureau, ma moquette, ma bibliothèque, les murs… Je la regarde pendant ce qui me parait être un court instant, mais je vois que Natacha me fixe, l'air de se demander quand est-ce que je vais me décider à parler.

Alors, je leur expose les diverses tâches qui leur seront assignées. Je ne rentre pas dans les détails s'agissant des attributions de Natacha, j'aurais le temps d'en discuter avec elle plus tard. Je précise à Jayce de ne pas mettre de paillettes partout quand il maquille les modèles. Il aime bien trop ça à mon goût et il a tendance à en mettre sur tous ces maquillages sauf que cela ne me convient pas. Je suis d'ailleurs étonné qu'il n'en porte pas aujourd'hui, ses yeux sont soulignés par un fin trait d'eyeliner qui se prolonge en une virgule presque jusqu'à sa tempe dans un dégradé de verts allant des teintes plus claires aux teintes plus foncées.

Je donne à mademoiselle Ravis le premier numéro de la collection « Femmes influentes » pour qu'elle voie un peu ce que j'attends d'elle.

Puis, je pose la fameuse question que tout employeur se doit de poser afin de savoir si ses employés ont bien tout compris. Mais, je n'attends pas particulièrement de réponse puisque je pense avoir été parfaitement clair. Je les observe à tour de rôle et la nouvelle intervient d'une voix fluette :

— Excusez-moi, monsieur Laynn.

— Oui, qu'y a-t-il ?

— Qui se chargera de réaliser les croquis pour le lancement de votre prochaine collection ?

Non mais pour qui elle se prend celle-là ?

Elle ne peut pas se contenter de ce que je viens de lui dire :

— Pour l'instant je vous ai assigné une tâche, nous verrons en temps et en heure s'agissant du reste de vos fonctions. Si vous n'avez pas de questions sérieuses à me poser, je vous laisse vous mettre au travail avec le reste de l'équipe. En voyant mademoiselle Ravis baisser les yeux, je me dis que j'y suis peut-être allé un peu fort.

Elle avait qu'à ne pas rigoler pendant ma présentation.

Ce n'est pas super mature comme réflexion, mais je ne veux pas avoir à présenter des excuses dès le premier jour.

Avant de les congédier, j'insiste sur l'importance de leur rôle au sein de mon entreprise et plus spécialement pour le lancement de ma nouvelle collection. Je place toute ma confiance en eux et ils n'ont pas intérêt à me décevoir, surtout la petite nouvelle, car je ne l'ai pas encore vue à l'œuvre.

3- Krys

J'entre dans l'ascenseur avec Jayce et Natacha, il est à peine 10 h. Je feuillette le magazine que m'a donné monsieur Laynn.

Les photos sont vraiment belles.

J'ai hâte de pouvoir le lire plus en profondeur. Jayce me donne un petit coup dans les hanches en me lançant un sourire radieux avant de balancer :

— T'occupes pas de lui chouchou, il est juste stressé, mais tu verras qu'il peut être très aimable.

— C'est pas grave, je ne l'ai pas mal pris.

Je parle intentionnellement d'une voix douce et calme alors que j'aurais voulu en coller une à mon boss pour avoir été si hautain à mon égard.

— Rassure la Natacha, tu le connais bien toi.

Elle lui lance un regard noir avant de se tourner vers moi :

— Il a raison, c'est un chouette mec, il se met juste pas mal la pression à cause de son nouveau projet, mais il est cool tu verras. Faut juste pas trop lui poser de questions qui fâchent avant 11 h du matin. Après, généralement, tout se passe bien.

— Ok, c'est bon à savoir. Merci Natacha.

Je lui souris et elle me rend mon sourire.

Je me suis peut-être trompée sur elle finalement.

Elle paraît gentille. Je verrai bien pendant les prochains jours.

L'ascenseur s'arrête au neuvième étage, je n'avais même pas remarqué que nous étions en train de descendre. Nous arrivons dans une vaste pièce avec plusieurs bureaux, une table entourée d'une dizaine de chaises est située au centre de la pièce à l'endroit qui me semble être une salle de réunion. C'est la seule pièce où il y a des baies vitrées. Je trouve la conception de l'étage assez particulière, car l'ensemble des bureaux entourent la salle principale. C'est une idée originale.

Le grand Robyn Laynn a sûrement dû imaginer la conception de cette salle dans un but bien précis. Il n'aurait pas fait ça au hasard. Ah ça non, je refuse de le croire !

Je me mets à rire bêtement avec moi-même quand Natacha me montre mon bureau :

— Voici ton nouveau cocon de créativité. Tu y passeras la majeure partie de ton temps, mais nous

nous retrouverons avec monsieur Laynn dans la salle de réunion juste là.

Elle pointe la fameuse salle qui a piqué ma curiosité parce qu'elle semble abandonnée au milieu de tout cet espace. Puis, reprend ses explications :

— C'est ici que nous discuterons de la finalisation des magazines, d'éventuelles modifications à apporter, des numéros que nous allons publier par la suite, etc. Ta mission ce matin c'est de lire le magazine que monsieur Laynn t'a donné, et de t'en imprégner pour savoir un peu quelle direction il souhaite donner à sa nouvelle collection. Ce numéro sort demain soir et ce sera le cas tous les vendredis pendant toute la durée du projet « Femmes influentes ». Le but est aussi que tu réussisses à te faire ta propre idée de la manière dont tu veux écrire dans le journal tout en sachant que tu ne dois pas t'éloigner de ce que veut monsieur Laynn.

— OK, c'est noté.

— Je te laisse travailler, à tout à l'heure.

Elle ferme la porte et je me plonge dans la lecture de l'édito écrit par Robyn Laynn en personne :

« Je dédie ce journal à toutes les femmes. Qui que vous soyez, où que vous soyez sur la surface du globe,

vous êtes ravissantes, épatantes et terriblement courageuses.

J'ai grandi et je me suis construit dans un univers entouré de femmes : ma mère, mes sœurs, mes tantes... et je sais à quel point il peut parfois être difficile d'être une femme dans cette société du vingt-et-unième siècle où l'homme commande sans cesse ce que vous devez faire, ce que vous devez dire ou comment vous devez vous comporter, vous habiller, vous maquiller, vous tenir... Les femmes de ma vie sont mon inspiration, mais vous devez savoir, mes très chères dames de cette entité immensément grande qu'est la Terre, vous l'êtes toutes. Vos sourires, vos regards, vos paroles, vos corps, vos vêtements et bien d'autres phénomènes tout aussi agréables m'inspirent, jour après jour.

J'ai créé la collection « Femmes influentes » car je veux montrer aux yeux du monde à quel point les femmes peuvent briller, exceller et se surpasser à travers la mode. Ma tendre mère, mes sœurs Katy et Léonie, ce projet est aussi pour vous, pour vous faire honneur. Vous êtes des exemples pour moi et je ne serais jamais devenu l'homme que je suis aujourd'hui, si vous n'aviez pas été des femmes aussi grandioses, alors je vous remercie.

Mesdames, soyez fières de qui vous êtes, soyez fières de ce que vous dégagez, soyez fières de ce que vous avez accompli même si cela vous paraît être sans importance. Soyez fières de vos formes, de vos cheveux, de vos sourcils, de vos yeux, de votre nez, de vos pommettes, de votre bouche, de vos joues, de votre menton, de vos seins, de votre ventre, de vos fesses, de vos cuisses et de vos orteils. Votre force, c'est vous-même. Ayez confiance en vous, sentez-vous belles dans ce que vous portez et je vous assure que vous dominerez le monde. Vous êtes merveilleuses, ne laissez personne vous dire le contraire ou vous laisser croire que vous n'en êtes pas capables. La collection « Femmes influentes » est mon cadeau pour vous. Elle vous permettra de vous sentir majestueusement puissantes dès le réveil, lorsque vous devrez incarner toutes les femmes que vous êtes en une seule personne, et ce tous les jours de la semaine : la mère, la fille, la maîtresse de maison, la sportive, la cuisinière, l'épouse, la businesswoman... la Femme tout simplement, sous tous ses aspects.

Vous êtes des reines mesdames, ne l'oubliez jamais et si vous ne vous en souvenez plus, comptez sur moi pour vous le rappeler. »

Je suis époustouflée, je trouve l'édito magnifique. Tous ces mots joints les uns aux autres pour former un concentré de féminisme me ravissent. Et cette sensation est décuplée, car ces mots viennent de la bouche d'un homme. Mais, j'ai du mal à voir le Robyn Laynn de ce matin écrire d'aussi belles paroles sur les femmes.

Je continue ma lecture et tombe sur un article où il dresse le portrait de sa mère :

« Ma mère est la première femme de mon existence, et la première élue de mon cœur. Elle m'inspire depuis ma plus tendre enfance. Elle a été une mère incroyable pour mes frères et sœurs et moi et elle l'est toujours d'ailleurs. Elle nous a gâtés, juste ce qu'il faut pour que nous apprenions quelle est la valeur de l'argent. Elle nous a appris à être respectueux, tolérants, ouverts, aimants et bien dans nos baskets. Elle a fait en sorte qu'à chaque moment de notre vie nous ayons la possibilité de prendre les chemins qui nous faisaient envie et pas ceux qui paraissaient les plus avantageux. Elle nous a inculqué des valeurs solides et nous a appris, à mon frère et moi, qu'il fallait toujours respecter les femmes, peu importe les situations et peu importe les moments de la journée.

Ma mère est une reine, tout comme vous l'êtes, vous aussi mesdames, mais vous comprendrez bien qu'elle est celle qui vous surplombe toutes. Elle est celle qui a découvert la première ma passion pour le monde de la mode, elle est celle qui m'a poussé à reprendre l'entreprise familiale. Et, ma mère est celle qui, par-dessus tout, m'a inspiré l'idée de la collection « Femmes influentes ». En voyant sa réussite, j'ai voulu rendre hommage à l'entreprise qu'elle a créée il y a bientôt vingt ans alors qu'elle sortait tout juste de ses études de mode à l'université d'Oxford. C'est pourquoi elle est l'égérie de ma collection avec ma petite sœur Katy et ma grande sœur Léonie.

Je ne la remercierai jamais assez pour tout ce qu'elle a fait pour nous, pour que nous soyons heureux et pour que nous soyons à l'abri de tout maux. Elle a toujours été attentive, affectueuse et présente pour nous, alors qu'elle dirigeait une entreprise. Ma mère est cette femme que j'ai décrite dans mon édito, elle a eu un million de casquettes, celle en tant que femme, en tant que femme d'affaires, en tant qu'épouse et en tant que mère et elle a toujours su les porter avec élégance.

Je passerai chaque jour de ma vie à lui rendre la pareille en commençant par vous faire savoir que la première femme influente qui a marqué ma vie à travers la mode est ma mère. Merci infiniment pour ton amour maternel et toutes les belles choses que tu m'as transmis lors de notre éducation, je t'en serai toujours éternellement reconnaissant. »

Je ferme les pages du magazine et regarde plus scrupuleusement les trois femmes présentes sur la couverture. La ressemblance de la mère de Robyn Laynn avec ses filles est frappante. Je ne l'avais pas remarqué tout à l'heure, mais je comprends mieux pourquoi j'avais l'impression que les deux modèles se ressemblaient.

Monsieur Laynn a pour politique de ne jamais prendre de mannequins qui soient frères et sœurs pour faire la couverture de ses magazines « sauf s'il s'agit de répondre à un besoin d'écriture ou à une idée qui ne peut voir le jour sans représenter sur la couverture des modèles qui ont des liens de parenté visibles ». C'est ce qu'il avait dit dans une interview il y a un peu plus d'un an. Il avait expliqué que le but de cette démarche était de donner au plus grand nombre, la possibilité de figurer en couverture de son magazine. Il a même ajouté avant que le journaliste ne reprenne la parole « à quoi bon faire figurer deux individus qui se ressemblent sur la même couverture alors qu'il existe des milliers, voire même des millions de gens dont la beauté mériterait d'être à la une de mon magazine ? ».

J'ai eu du mal à comprendre ce choix au départ, jusqu'à cette interview. Monsieur Laynn n'est pas contre la présence de modèles qui se ressemblent dans son magazine, cette règle ne s'applique qu'à la couverture de son journal. En réalité, je trouve ça plutôt honorable de sa part et encore une fois, j'ai un peu du mal à y croire.

Pourquoi ai-je tant l'impression que le Robyn Laynn que je lis dans ce journal n'est pas celui que j'ai rencontré ce matin ?

Je sais que Natacha m'a prévenu que c'était lié à la pression, à l'heure qu'il était dans la journée et toutes ces conneries, mais ce n'est pas une raison pour se comporter comme un con.

Je suis tellement absorbée par ma lecture que je ne remarque pas qu'il est déjà 13 h passées. Quelqu'un frappe à ma porte.

— Entrez.

— Coucou chouchou, tu nous accompagnes casser la croute rapidement avec Nat' ?

— Hey, salut Jayce, oui avec plaisir, je n'avais même pas vu l'heure !

Il ferme la porte de mon bureau et s'approche de la table derrière laquelle je suis assise avant de me demander avec attention :

— Alors tu l'as trouvé comment ?

— De quoi tu parles ?

— Ben du premier numéro de la collection, de quoi veux-tu que je parle d'autre ? Youhou, reviens parmi nous Krys.

— Excuse-moi, je suis encore dans le truc là, t'as raison, j'ai besoin de manger, mon cerveau n'est plus tout à fait irrigué.

— Mouais. Du coup, qu'est-ce que t'en as pensé ?

— Sincèrement, il est vraiment excellent. De ce que j'ai lu pour le moment, je suis sûre que l'annonce de la nouvelle collection va secouer la toile.

— Ah trop génial ! Et la semaine prochaine, ce sera toi qui rédigeras la plupart des publications du magazine.

— On est d'accord que je ne vais pas devoir faire ça toute seule ?

— Non, t'inquiètes pas mon ange, tu vas devoir rédiger intégralement seulement les articles que Robyn t'indiquera. Et dans tous les cas, la plupart du temps, vous travaillerez ensemble.

Jayce est adorable, il est bienveillant envers moi depuis la première seconde, et je le trouve très drôle. Avec lui, je me lâche un peu plus qu'avec les autres, mais pas trop non plus.

Je suis censée être réservée, il ne faut pas que je l'oubli.

— Tu me rassures. Bon, on va le prendre se casse-croûte ou on continue de taper la discute en mangeant de l'air dans mon bureau ?

Il rigole et se tourne pour rouvrir la porte. Je récupère ma veste sur ma chaise et lui emboîte le pas.

Nous descendons rapidement acheter notre déjeuner au Prêt à manger en face du bâtiment de Laynn Agency et remontons après quinze minutes avec nos sandwichs, boissons et desserts. Il y avait une queue pas possible en caisse. Mais, Jayce a fait les yeux doux au serveur qui nous a encaissés en priorité.

Sacré Jayce !

Il a eu raison d'utiliser ses charmes pour que nous mangions plus rapidement, car je meurs de faim.

Lorsque nous arrivons à notre étage, nous nous asseyons à table pour manger. Jayce essaye de parler la bouche pleine, mais je ne comprends pas un traître mot de ce qu'il raconte jusqu'au moment où il avale ce qui semble être le dernier morceau de cette bouchée énormissime. J'ai du mal à comprendre le concept, il prend plus de temps à devoir mastiquer qu'à réellement apprécier son repas.

À sa place, ça m'exaspèrerait...

— Tu comptes faire quoi en fin d'après-midi chouchou ?

— Comment ça ?

— Après le travail ? Tu fais quoi après le travail ?

— J'ai un cours de danse à 19 h à cinq pâtés de maisons d'ici.

— Tu fais de la *danse* ?

Natacha est moi nous mettons à rire en cœur et à gros volume.

C'est la première fois du déjeuner qu'elle fait acte de présence. Elle est en train de faire je ne sais quoi sur son téléphone, mais ça a l'air de la tenir vraiment occupée. Je ne sais pas exactement quel est son rôle au sein de l'entreprise. Monsieur Laynn a été très vaste quant à ses attributions et je n'ose pas lui demander. La distance qu'elle met entre nous à chaque fois que nous avons une conversation, me rebute. Et comme si elle lisait dans mes pensées, elle me regarde fixement avant de me demander :

— Comment avez-vous trouvé l'édito de monsieur Laynn ?

Qu'elle se mêle de ce qui la regarde, je n'ai pas du tout l'intention d'être transparente avec elle.

Je lui souris avec hypocrisie, finis ma bouchée et m'essuie la bouche pour lui répondre :

— Très, très bien.

— Seulement « très, très bien » ?

— Oui, il est très féministe, ça colle bien avec la collection « Femmes influentes ».

— C'est tout l'intérêt de la chose, mais c'est déjà bien de ta part de l'avoir remarqué.

— Ça va Natacha, laisse-la finir de manger tranquille. Fais pas attention mon chou, elle essaye juste de te tester un peu. Tu t'en es bien sortie.

Merci Jayce !

Il est vraiment ma personne préférée dans cette boîte, je ne le connais que depuis ce matin, mais c'est déjà la deuxième fois qu'il prend mon parti.

Par contre, je retire ce que j'ai pu penser sur Natacha tout à l'heure. Cette femme est une vraie garce !

Elle se prend pour qui à me parler comme si j'étais la dernière des demeurées. Et puis, pourquoi elle veut me tester ? Monsieur Laynn m'a choisie moi comme première assistante à ce que je sache !

Le reste de la pause déjeuner se passe dans le calme puis nous retournons à nos tâches respectives.

L'après-midi passe plutôt rapidement, je finis de lire le magazine à 17 h 30. Et, comme il me reste un peu de temps avant de finir ma journée, je dessine un croquis que m'a inspiré la collection de monsieur Laynn sur mon ordinateur. Je tente de l'imprimer, mais il ne sort pas. Pourtant j'ai bien cliqué sur l'imprimante « LAYNN10 ». Mon ordinateur affiche un message d'erreur.

C'était la seule imprimante disponible de toute façon, donc c'est forcément la bonne.

Je vais aller voir Jayce pour m'en assurer. Je sors de mon bureau et marche à peine cinq mètres. Je n'avais pas du tout remarqué que son bureau était à côté du mien. Je toque à sa porte :

— Entre ma jolie !

— Comment tu savais que c'était moi ?

— Tu es la seule qui frappe pour entrer dans mon bureau.

J'explose de rire.

Quel est l'intérêt de mettre des portes si ce n'est pas pour frapper avant d'entrer ?

Enfin peu importe, j'observe le bureau de Jayce, il ressemble beaucoup au mien, mais il me paraît plus grand.

— J'ai un problème avec l'imprimante, mon document ne veut pas sort…

Je ne finis pas ma phrase, car mon regard se pose sur le poster géant de Madonna accroché au mur. Je ne peux m'empêcher de me mettre à rire de nouveau.

— Qu'est-ce qui te fait rire comme ça ma chérie ?

Son sourire est d'une blancheur incroyable. Je n'avais pas fait attention jusque-là.

— Ton poster de Madonna, je n'arrive pas à m'y faire et puis il n'est pas tout petit quoi !

— Tu n'vois pas à quel point cette femme est une déesse !

Et sans crier gare, il se met à mimer une chorégraphie tout en chantant :

— *I'll work and I'll fight, till I find a place of my oooooooooooooooooooooooooown. Are you ready to jump? Get ready to jump. Don't ever look back, Oh baby. Yes, I'm ready to jump, just take my hands. Get ready to juuuuuuuuuump.*

Je l'accompagne en tapant des mains au rythme des paroles qu'il chante à merveille quand monsieur Laynn fait son apparition dans le bureau.

4- Robyn

Les trois assistants sortent de mon bureau et je m'assieds pour commencer à mettre en forme la suite de mon projet. Je dois obligatoirement organiser la journée de demain au millimètre près. J'ai un shooting prévu à 9 h 30 en centre-ville. Jayce m'accompagnera à 8 h sur les lieux avec le reste de l'équipe de maquilleurs et nous serons de retour vers 13 h.

J'espère que le photographe ne sera pas en retard, car cette journée sera un véritable marathon.

Il a toujours été exemplaire depuis qu'il travaille pour moi. Mais, je ne voudrais pas que la seule fois où ça arrive soit le jour le plus important de ma carrière : le premier numéro de la collection « Femmes influentes » sort demain à 17 h et je veux que tout soit parfait.

Je passe la matinée le nez dans la paperasse et une autre partie, au téléphone avec les divers acteurs du lancement de ma nouvelle collection. Pourtant, je sens que je suis beaucoup moins concentré qu'à mon habitude. Je n'arrive pas à me sortir ma première assistante de la tête. Quelque chose chez elle m'attire irrémédiablement, mais je ne sais pas encore quoi. *Il faut que tu te reprennes mec, tu t'barres en couilles là.*

Je regarde l'heure sur mon portable. Il est 12 h 53. J'envoie un message à Natacha :

TU PEUX VENIR DANS MON BUREAU STP ?

Elle me répond dans la minute :

J'ARRIVE DANS CINQ MINUTES, JE FINIS JUSTE CE QUE JE SUIS EN TRAIN DE FAIRE.

Je suis soulagée quand j'aperçois ses longs cheveux bruns à travers les baies vitrées. Elle s'assied sur mon canapé et attends que je m'exprime :

— J'ai un problème.

— De quoi on parle exactement ?

— La nouvelle.

— Aaaaaah. Ce genre de problème.

Natacha me fixe avec malice. Elle attend que je lui en dise plus et je regrette déjà de lui avoir envoyé un message pour lui demander de monter. Nous nous connaissons depuis le berceau et je crois qu'elle est la personne qui me connait le mieux sur terre. *À mon grand regret, la plupart du temps.*

J'étais amoureux d'elle lorsque nous étions au collège et elle m'avait rembarré avant de m'apprendre qu'elle aimait les filles. Nous n'avions que treize ans, mais elle savait déjà ce qu'elle voulait et ce n'était pas moi. Je me souviens que j'étais déçu et triste lorsqu'elle me l'a annoncé, mais nous sommes tout de même restés amis. Désormais, elle est mariée à Kataryna, une super femme que nous avons rencontrée sur mes premiers défilés.

Natacha, en plus d'être ma meilleure amie depuis des temps reculés, est celle qui me conseille sur tous les projets que j'ai. Elle me donne son avis sur absolument tout, même quand je ne lui ai rien demandé. Plus qu'une assistante, elle est celle qui s'occupe avec moi, de la coordination des affaires de l'entreprise.

Je me lance dans mon histoire, car je sens que si je la fais attendre plus longtemps ça sera encore plus difficile :

— Elle n'a pas quitté mes pensées depuis que je l'ai aperçue ce matin. J'ai l'impression d'avancer au ralenti dans tout ce que j'ai à faire. Il faut que tu me remettes les idées en place !

— Moi qui croyais que tu étais suffisamment grand pour gérer ce genre de « souci » toi-même.

Elle mime des guillemets avec ses doigts.

— Ça va Nat', commence pas ! Je t'ai pas appelé pour que tu te foutes de moi. Je suis sérieux là, je ne peux pas m'envoyer ma première assistante sauf qu'il est indéniable qu'elle m'obsède. Je n'arrête pas de l'imaginer sur mon bureau au vingt-sixième étage. Tout ce que je pourrais lui faire…

— Putain Robyn, tu fais chier. Combien de fois je t'ai déjà dit que je ne voulais pas entendre les détails pervers de tes pensées sexuelles. Tu sais très bien que je visualise *tout*. Est-ce que je te raconte, moi quand Kataryna me fait grimper au rideau avec sa langue ?

Je suis littéralement mort de rire, je vois bien qu'elle est dégoûtée par mes insinuations.

Nous avons tous besoin d'une Natacha dans notre vie j'vous assure.

— Il fut un temps où tu aimais bien m'en parler pourtant.

Elle me frappe l'épaule assez fort pour que je ressente une légère douleur. Je continue de rire parce que toute cette situation est vraiment comique.

Mais, je me rappelle très vite la raison pour laquelle je l'ai fait venir dans mon bureau et m'arrête aussitôt :

— Non sérieusement, il faut que tu m'aides à trouver une solution.

— Je ne vois pas bien quelle solution s'offre à toi si ce n'est celle de réaliser ton fantasme et de passer à autre chose en vitesse. Ta nouvelle collection est capitale pour Laynn Agency et encore plus pour toi. Tu t'es donné du mal pendant des semaines avant de trouver une idée qui tenait la route. Tu ne peux pas te permettre d'être distrait.

Et tiens prends ça dans ta face Rob !

Quand Natacha est comme ça, aussi franche et aussi directe, je la déteste affectueusement. C'est comme si elle prononçait intentionnellement tout ce que je refuse d'entendre et forcément ce n'est pas la chose la plus agréable qui soit.

— Donc tu penses que je devrais coucher avec elle alors que je suis son patron et qu'elle est mon employée depuis environ dix minutes ?

— Mais, c'est qu'il est perspicace le Robyn.

Elle parle comme si j'étais un gamin en me narguant avec son sourire.

— Super, merci pour tes conseils, tu peux dégager maintenant.

Je lui balance un vieux papier écrabouillé dessus, mais elle l'évite avant le ramasser pour me le renvoyer en pleine tête.

— À plus tard mon *bean*.

Je déteste quand elle m'appelle comme ça, j'ai l'impression d'être un môme. Mais, je ne fais aucune réflexion.

Ça lui ferait bien trop plaisir et je pense qu'elle s'est assez foutue de ma gueule comme ça pour aujourd'hui.

— Essaie de la tester quand même, à n'importe quel sujet. Je veux savoir comment elle réagit face à toi. Merci, maintenant, barre-toi j'ai du travail.

— OK, boss.

Elle s'en va en riant jusqu'à la cage d'escalier.

J'engloutis mon déjeuner dans mon bureau. Je me suis fait un sandwich avocat, tomates, crevettes et vinaigrette ce matin, car je savais que je n'aurais pas le temps de sortir pour aller déjeuner. Les deux étages de la cafétéria sont toujours en travaux, donc il n'est pas possible de manger dans le bâtiment à moins de ramener sa gamelle. Je ne m'oppose pas à ce que les salariés ramènent leur repas au travail bien au contraire, mais ils ont l'obligation d'aérer. *Les odeurs de mélanges de nourriture quand j'entre dans une pièce, sont vraiment ma hantise.*

Il est plus de 14 h et je dois me rendre à l'autre bout de la ville pour récupérer les prototypes finis des tenues pour le shooting de demain. Je reste bloqué sur l'autoroute pendant une bonne quinzaine de minutes à cause des bouchons. Un camion et une voiture sont entrés en collision apparemment. La voiture est vraiment dans un sale état.

J'espère que personne n'est mort…

J'arrive un peu après 15 h, récupère les tenues et les charge dans la camionnette avec l'aide de Bill et Juan, les gérants de l'atelier de confection des pièces de mes collections. Nous nous sommes associés il y a quatre années de cela, car la fabrique dans laquelle se fournissaient mes parents a fermé en raison d'une délocalisation vers le continent asiatique. Je suis tombé par hasard sur ces deux frères et ils ont toujours réalisé mes prototypes en respectant à la lettre mon cahier des charges.

Je reprends la route quelque temps plus tard, le trafic est plus fluide, mais j'arrive tout de même au bureau après quatre heures de l'après-midi. J'aurai tout juste le temps de faire le point avec Natacha avant la fin de la journée. Elle n'est pas là demain et elle n'a pas voulu me dire pourquoi. Mais, en grand prince que je suis, je lui ai donné sa journée quand même.

Elle a vraiment de la chance qu'on se connaisse depuis des millénaires.

Je lui envoie un texto pour qu'elle me rejoigne dans mon bureau :

MONTE RAPIDEMENT QU'ON FASSE LE POINT SUR LE DÉROULÉ DE LA SEMAINE PROCHAINE STP.

Mon téléphone affiche une notification :

J'ARRIVE, JE PRENDS MES AFFAIRES. JE NE PENSE PAS REPASSER AU NEUVIÈME.

Elle entre bruyamment à mon étage, je n'avais pas remarqué tout à l'heure que ses *Louboutin* faisaient autant de vacarme.

— Es-tu obligée de faire autant de bruit quand tu marches ?

Elle s'assied sur le canapé comme si elle pesait une tonne et croise ses jambes.

— Excuse-moi d'être heureuse d'être en week-end plus tôt que prévu.

— Tu m'étonnes ! Alors, comment s'est passée la première journée de la nouvelle ?

— Tu n'arrives pas à te la sortir de la tête hein ! Elle est restée dans son bureau quasiment tout le temps et au déjeuner j'ai insinué qu'elle était stupide. Je ne suis pas sûre qu'elle l'ait bien pris, mais elle n'a pas réagi. Et je n'ai rien d'autre à ajouter, donc on va pouvoir se remettre au travail mon grand.

Elle me fait un clin d'œil, l'air de dire « tu sais que j'ai raison alors viens on s'y met » et je ne peux qu'acquiescer :

— Tu as raison, ne perdons pas de temps, comme ça ton week-end arrivera encore plus vite et tu pourras disparaitre de ma vue.

Elle explose de rire à tel point que sa tête bascule en arrière sur le canapé puis me charrie pour la millième fois de la journée :

— Tu m'aimes beaucoup trop Robyn, inutile de te mentir à toi-même. Je t'ai juste dit un peu trop de vérités pour la journée c'est tout.

— Soit, la semaine prochaine va être chargée, nous allons travailler sur le deuxième numéro de la collection « Femmes influentes ». J'ai déjà préparé les éléments dont aura besoin Krys pour sa présentation de demain après-midi. Jayce m'a envoyé plusieurs *face chart* pour le shooting.

Je lui tends les documents pour qu'elle jette un œil et me dise ce qu'elle en pense.

— Il est vraiment doué quand même. Et pour une fois, il n'y a pas une trace de paillettes, tu dois être content !

— Ce dessin me plaît beaucoup, il est simple mais en même temps très raffiné.

Je lui montre le *face chart* avec le smokey eye noir et argent.

— J'aime beaucoup. Ça pourrait vraiment faire ressortir la beauté de tous les modèles. Bon bien entendu il faudra faire quelques variantes pour les diverses teintes de peau. Mais c'est aussi celui qui me plaît le plus. Sauf que j'aurais rajouté le rouge à lèvres présent sur celui-ci (elle pointe du doigt la bouche recouverte d'un rouge coquelicot) pour attirer le regard des gens sur tout le visage des mannequins et pas seulement sur leurs yeux.

— On est d'accord pour le rouge à lèvres, mais je ne suis pas sûr de la couleur, d'autant plus que le numéro de la semaine prochaine sera intitulé ***La mode, premier accessoire de la businesswoman***, donc je ne veux rien de trop extravagant.

— Voilà une bonne chose de faite. Quelle est la suite du programme ? T'as déjà booké l'interview avec la PDG de la maison d'édition « Réveiller la Plume ».

— Oui, d'ailleurs en parlant de ça, petit changement de programme, mademoiselle Ravis réalisera l'interview à la place de Kayla, ta petite protégée. Je veux qu'elle prenne ses marques rapidement. Et à mon avis, il n'y a pas mieux pour l'inspirer dans la rédaction de ses articles et pour superviser l'équipe de journalistes de façon cohérente.

— Sans problème, je pense même que ça la mettra en confiance de voir que tu ne la cantonnes pas seulement dans le rôle de rédactrice du magazine.

Elle me regarde plus intensément désormais et poursuit :

— Je crois que c'est bien la première fois que tu permets dès les premiers instants, à un employé de réaliser lui-même une interview. J'espère que t'es conscient que t'es dans la merde là ?

— Je sais, mais pour le moment, peu m'importe. Cette femme m'intrigue et m'attire au moins tout autant. Je veux voir si elle est aussi méritante que ce que j'ai entendu dire à son sujet. Elle est la rédactrice en chef de mon magazine après tout. C'est primordial pour moi de savoir qu'elle est à l'aise avec toutes les facettes de son poste.

— T'es vraiment touché là mon gars ! Toi qui n'aimes pas les étiquettes, tu viens d'en donner une grosse à Krys là. Rédactrice en chef, c'est pas rien comme statut !

Natacha ponctue sa phrase par un sifflement strident. *Ça va encore être ma fête.*

Lorsque j'ai repris l'affaire familiale, j'ai tout de suite voulu que Natacha soit mon bras droit. Elle l'était déjà dans la vie de tous les jours et cela fonctionnait très bien, donc je ne voyais personne d'autre qu'elle pour occuper ce rôle. Elle avait sauté de joie, comme si elle attendait que je lui propose le poste depuis le jour où j'ai eu la volonté de reprendre l'entreprise.

Lorsque nous nous sommes mis d'accord sur la façon dont j'allais faire tourner l'entreprise – avec son aide bien entendu – j'ai trouvé important de fixer mes propres règles. Je voulais absolument me débarrasser des diktats du monde de la mode à commencer par la dénomination de tous les postes haut placés dans la hiérarchie : directeur artistique, rédacteur en chef, chargé de projet, attaché de presse. Tous ces noms renferment les employés dans une activité bien trop spécifique à mon goût. Et pire encore, cela les pousse à ne pas voir au-delà de ce qu'indique l'intitulé de leur fonction. Or, la mode est l'expression de la créativité pour le futur. Elle recommande de ne pas rester cloîtré dans des cases, d'ouvrir son esprit à toutes les éventualités qui peuvent se présenter. Et je paye suffisamment mes employés pour exiger d'eux qu'ils soient polyvalents dans la branche qui est la leur.

— Je vais te dire ce que tu veux entendre depuis le début de la journée, et après tu me fous la paix avec ça, c'est clair ?

Elle hoche la tête et je continue :

— J'ai le sentiment que Krys n'est pas une femme comme les autres. Je crois que je n'ai jamais été autant fasciné par une femme sans qu'elle n'ait à faire aucun effort. Je lui ai à peine parlé ce matin, je n'ai pas eu le temps, mais je la trouve intéressante. Elle est belle simplement, discrète et pourtant, elle semble rugir de l'intérieur. Et putain, j'arrive pas à me la sortir de la tête depuis ma présentation ce matin, depuis que je l'ai vue se faufiler pour venir me rejoindre et que j'ai croisé son regard.

— Ah oui, on est sur quelque chose de vraiment très sérieux là !

Nous prolongeons notre discussion au sujet de Krys pendant de longues minutes sans avoir fini de programmer la semaine à venir. Mais, en réalité, c'est sans grande importance puisque je verrai sûrement Natacha ce week-end. Je me lève pour aller l'embrasser et l'interroge avant qu'elle ne file :

— Tu ne veux toujours pas me dire ce que tu vas faire demain ?

— Non, toujours pas. Je retiens l'ascenseur pour toi ou tu vas continuer de rêvasser ?

— Je prendrais les escaliers c'est bon.

— OK, bon week-end, boss.

Et elle s'en va. C'est du Natacha tout craché.

Je prends le dossier de présentation de Krys et descends au neuvième.

Je me suis comporté comme un connard avec elle ce matin, il faut que je me rattrape. Je ne veux pas qu'elle travaille pour moi en ayant de mauvais a priori, encore moins avec l'effet qu'elle me fait.

Quand j'ouvre la porte, la voix de Jayce me parvient du couloir, il est en train de chanter du Madonna. *Certaines fois, je ne sais vraiment plus quoi faire de lui.*

J'entre sans frapper comme à mon habitude et je la vois elle, splendide, les yeux remplis de surprise, car elle a été prise sur le fait.

— Eh bien, je vois que vous vous amusez bien par ici ! Jayce, combien de fois t'ai-je déjà demandé de ne pas engrainer les autres lorsque tu décides de te prendre pour une star de la musique ?

— Je *suis* une star de la musique Robyn !

Il gesticule dans tous les sens en prononçant sa phrase et Krys se met à rire. Son sourire est étincelant et sa bouche si parfaite...

Mec, tu déconnes encore là.

— Mademoiselle Ravis, puisque vous avez tant envie de rire, suivez-moi !

Quand ces mots sortent de ma bouche, son visage se décompose et je prends conscience de la façon dont je viens de lui parler. *Je suis vraiment un foutu connard.*

5- Krys

J'étais tellement préoccupée par mon personnage de fille timide ce matin que je n'ai pas réalisé quel homme était mon patron. Robyn Laynn est le genre de mec incroyablement sexy qu'on voit seulement dans les magazines. Ou parfois à la télévision de façon régulière, lorsqu'on a la chance de tomber sur une série vraiment intéressante dans laquelle joue un mec carrément canon.

J'ai déjà recherché son nom sur internet et sur ses photos, je le trouvais déjà très beau.

Il porte le costard comme personne, ça ne fait aucun doute.

Mais, les images ne rendaient vraiment pas hommage à la réalité. Ce mec est fastueux, il n'a pas l'ombre d'un défaut physique apparent.

Reprends-toi Krys ! Il est aussi ton boss, alors calme tes ardeurs.

Monsieur Laynn réprimande Jayce qui lui répond par une blague à laquelle je rigole *forcément*. Sauf que

Robyn ne semble pas apprécier puisqu'il me regarde soudainement d'un air menaçant avant de lâcher :

— Mademoiselle Ravis, puisque vous avez tant envie de rire, suivez-moi.

C'est quoi son putain de problème ? Qu'est-ce que je lui ai fait pour qu'il soit toujours aussi aigri avec moi et aimable avec les autres ?

Je le suis sans un mot à travers le couloir du neuvième, puis dans les escaliers qui mènent apparemment à un autre de ses bureaux. Celui-ci est dans les tons beige et marron. Il est moins high-tech que celui du vingt-sixième étage et toutes les cloisons sont vitrées.

La pièce ressemble à un bureau tout ce qu'il y a de plus classique, un canapé couleur cannelle est disposé derrière le tapis vanille sur lequel se trouve une table basse. Je fais le tour du propriétaire avec mes yeux quand monsieur Laynn m'interrompt :

— Asseyez-vous là.

Il m'indique l'une des chaises présentes devant son bureau.

— En fait, je préfère m'asseoir ici, si ça ne vous dérange pas.

Je m'assieds confortablement sur le canapé et le regarde fixement.

J'en ai ras le bol qu'il s'adresse à moi comme à un chien, tant pis pour le personnage de la docile et gentille Krys !

— Qu'avez-vous pensé du numéro un de la collection ?

— Pourriez-vous être plus spécifique s'il vous plaît ?

— Qu'avez-vous pensé de l'édito par exemple ? Vous serez amenée à rédiger celui de la semaine prochaine et bien d'autres choses encore, donc j'aimerais avoir votre avis.

Est-ce que mon avis l'intéresse vraiment ? Je ne suis pas sûre que Robyn Laynn se préoccupe de quelqu'un d'autre que lui-même. Mais je décide de tout de même lui répondre le plus honnêtement possible :

— J'ai trouvé votre édito incroyablement bien écrit, très sincèrement. Et je ne dis pas ça simplement parce que vous êtes mon patron. Je trouve que les mots ont été extrêmement bien choisis et le féminisme qui se dégage de votre prose transmet un message fort d'espoir, mais surtout un message de force et de courage pour la femme. Les hommes féministes sont rares, mais je comprends d'où ça vous vient, j'ai cru comprendre que les femmes de votre famille ont eu une grande place dans votre construction en tant qu'homme et que c'est l'une des raisons pour lesquels vous avez créé la collection « Femmes influentes ». Et il me semble que vous avez volontairement eu recours à l'énumération afin de faire mention de toutes les parties du corps que les femmes avaient tendance à se faire refaire. Ce n'est pas tant une critique de la chirurgie esthétique, mais plus un discours d'acceptation de soi. J'aime beaucoup la façon dont vous semblez encourager les femmes à s'aimer et à se faire confiance jour après jour, et tout cela à travers la mode. Mais, quelque chose me chiffonne, vous semblez tant…

Je ne peux pas lui dire que j'ai du mal à comprendre comment il peut être la personne qui a rédigé ce magazine. Il est mon supérieur hiérarchique et je n'ai aucune envie de m'attirer des ennuis.

— Je vous en prie, poursuivez.

— En fait, j'avais terminé, mais je vous remercie.

Il lève un sourcil comme s'il voulait s'assurer que j'ai bien fini de parler. Puis, il se lève, contourne son bureau et prend l'une des chaises qu'il tourne face à moi. Il s'assied pour me détailler de haut en bas et je me sens soudain toute petite et cela n'a rien à voir avec la différence de taille qui existe entre nous. Son regard va de mes yeux à ma bouche pendant dix bonnes secondes.

C'est moi ou il est carrément en train de me dévorer du regard là ?

— Vous êtes impressionnante. Je n'ai pas d'autres mots. De toutes mes premières assistantes, vous êtes la seule qui ait su cerner en un coup d'œil la portée de mes mots sans que j'aie eu à lui donner la moindre piste.

Je dois être en train de rêver.

Je cligne des yeux plusieurs fois tant je suis stupéfaite par les propos que je viens d'entendre. Mais, il n'en a apparemment pas fini :

— Vous avez parfaitement su lire entre les lignes. En effet, la phrase où j'énonce l'ensemble des parties du corps féminin a pour but de remettre en question le recours excessif à la chirurgie esthétique, notamment de la part de jeunes femmes, voire même de jeunes filles. Vous avez tout à fait compris où je voulais en venir avec cette collection, je veux libérer la femme des contraintes sociétales par la mode ! À mon humble avis, l'acceptation de soi vient d'abord de l'image qu'on a de nous-mêmes. La collection « Femmes influentes » doit permettre à toutes les femmes du monde, de se sentir tout simplement belles dans leur corps, qu'importe leur morphologie et les imperfections qu'elles remarquent alors que personne ne les voit.

Je ne sais vraiment pas quoi dire. Je ne m'attendais tellement pas à ce qu'il se comporte aussi gentiment avec moi. Il est tellement lunatique que c'en est déconcertant !

— Merci. Mais, permettez-moi de vous poser une question ?

— Je vous en prie.

Il accompagne sa phrase d'un mouvement de bras qui veut dire « allez-y ». Je prends une grande inspiration avant de répondre :

— Pourquoi ce changement d'attitude à mon égard ?

— De quoi parlez-vous ?

— Depuis ce matin, vous êtes froid avec moi et peut-être même un peu hargneux. Et là, tout d'un coup, vous me trouvez brillante. J'ai du mal à vous suivre.

Il me sourit, lisse son pantalon de smoking de ses mains. Ses mains sont grandes, belles, masculines, elles ont l'air douces et fermes à la fois…

OK Krys, ça suffit là, souviens-toi que tu détestes ton boss.

— Pourriez-vous être plus spécifique s'il vous plaît ?

Je rêve, il utilise mes phrases en plus ! Quel culot !

— Vous m'avez très bien compris.

Il sourit.

Ça devrait être interdit d'être aussi beau sans effort.

— Je vous ai compris en effet. Nous sommes deux adultes donc vous êtes d'accord avec moi sur le fait que nous pouvons nous dire les choses en toute franchise.

— Tout dépend de ce que vous avez l'intention de dire.

— Vous me plaisez Krys, tout chez vous m'attire et ce depuis que je vous ai aperçu ce matin dans votre tailleur aurore.

Je tire sur ma jupe alors qu'elle m'arrive déjà en dessous des genoux tant je ne sais plus où me mettre. Je suis en train d'halluciner, j'ai un peu la tête qui tourne et, bizarrement, ces mots ont fait frissonner tout mon corps.

Il faut que tu respires Krys, expire et inspire, doucement voilà, comme ça.

— Je ne sais pas vraiment quoi vous dire et j'ai surtout du mal à vous croire. Ou alors vous avez une drôle de façon de montrer aux femmes qu'elles vous plaisent. Et puis de toute manière, la question ne se pose pas, vous êtes mon patron.

— Je vous prie de m'excuser pour ce matin, j'ai été injuste à votre égard. Et j'aimerais pouvoir vous dire que j'avais une raison valable de me comporter avec vous de cette façon, mais je n'en ai pas. Je n'arrive pas à vous sortir de mes pensées depuis ce matin, et je pensais réellement que cela me passerait, mais ce n'est pas le cas. Ma conduite était probablement le reflet de ma frustration.

Ça ne peut pas être réel.

Ma bouche est complètement sèche, je ne sais même pas si je vais être capable de parler, mais j'essaye :

— Votre frustration ?

Je parle d'une voix basse, presque inaudible. C'est vraiment le mieux que je puisse faire là tout de suite.

Depuis quand tu deviens guimauve quand un mec tente de te séduire Krys ? Ah oui, peut-être depuis qu'il n'a pas seulement tenté, mais tout bonnement réussi, que tu l'admettes ou non.

— Ma frustration de ne pas pouvoir vous posséder, je n'ai jamais désiré une femme autant que je vous désire vous. Et peut-être que ce n'est pas votre cas, mais à voir la façon dont vous vous tenez et dont vos pommettes ont rosi depuis que je vous ai annoncé que vous me plaisiez, je pense que je vous plais au moins un petit peu.

Il a raison sur toute la ligne, mais je ne supporte pas son arrogance. Pour qui il se prend au juste ? Il croit que je vais tomber dans ses bras comme une mouche, que je vais le supplier de me baiser pour me faire bien voir parce qu'il est mon patron ? Je ne suis pas de ces filles qui couchent avec leur boss pour espérer obtenir je ne sais quoi en échange. Mais, attends une minute, il vient bien de dire « posséder », comme le verbe « posséder » de « j'ai envie de te dominer et t'entendre crier mon nom ».

À cette pensée, mon vagin frétille, je suis tout émoustillée. *Il faut vraiment que je me ressaisisse parce que la situation peut vite dégénérer.*

— Vous me gênez monsieur Laynn, et vous vous trompez sur moi. Je suis navrée de vous décevoir, vous ne devez pas entendre ça souvent mais vous n'êtes pas du tout mon genre.

— Ah oui, c'est vrai ce mensonge ?

6- Robyn

Je ne sais pas à quel moment c'est arrivé, mais voilà que ma main droite est en train de caresser la joue de Krys avec tendresse. C'est la première fois que nous avons un contact physique et je sens bien que cela ne la laisse pas indifférente. Je m'en rends compte presque immédiatement tandis qu'elle s'écarte en évitant minutieusement ma table basse. Je m'étais approché d'elle intentionnellement pour voir si la tension sexuelle qui règne dans la pièce n'existe que dans ma tête, mais je n'avais pas du tout prévu de la toucher.

Foutue spontanéité de merde !

— Je suis désolée, mais je ne veux pas que les gens pensent que j'ai eu le poste de première assistante parce que je me suis tapé le chef d'entreprise qui dirige *justement* l'entreprise dans laquelle je travaille.

— Mais, de toute façon, vous n'avez pas obtenu le poste pour cette raison. Je vous ai nommée première assistante parce que Massimo Pialini, le créateur de l'école de mode dans laquelle vous avez étudié à

Paris, vous a recommandé personnellement. Il m'a même informé que vous avez obtenu la seconde place au Concours mensuel de stylisme et d'expression manuscrite de l'art de s'habiller. Avec ce croquis et ce texte remarquablement bien écrit (il me montre mon dessin et la rédaction qui l'accompagne), je n'ai pas eu d'autre choix que de faire de vous ma première assistante.

— Je vois.

— Vous ne me croyez pas ?

— Là n'est pas la question. En vérité, je ne comprends pas ce que vous attendez de moi.

— Je veux continuer à travailler avec vous parce que vous êtes talentueuse et je veux pouvoir vous baiser parce que vous êtes incroyablement belle, intelligente et pleine de ressources, et que vous avez l'air d'en avoir au moins autant envie que moi.

Elle déglutit lorsque je prononce le mot « baiser » et je me marre intérieurement parce que ses mimiques de femme prude, même si elle est très bonne actrice, ne me convainquent toujours pas.

— Vous n'êtes pas toujours obligé d'employer le mot « baiser » vous savez. Vous disposez de divers autres verbes beaucoup moins…

— Explicites.

— J'allais dire « crus », mais « explicites » ça marche aussi.

— Je peux vous baiser sur l'imprimante si vous le désirez.

— *Chuuuuut !* Ne parlez pas si fort ! Je n'ai pas envie qu'on nous entende.

Elle n'arrête pas de fixer l'imprimante depuis tout à l'heure, alors peut-être qu'elle veut que je m'occupe d'elle juste-là, où tout le monde peut nous voir à travers les baies vitrées.

Si jamais quelqu'un décidait de s'aventurer au dixième étage, je suis sûr qu'on lui offrirait un show mémorable.

— Il n'y a personne à cet étage, ne soyez pas bête.

— Ah ! Parce que maintenant je suis bête.

— Je veux vous baiser et je vous l'ai déjà dit, votre intelligence me stimule.

Krys déglutit de nouveau, mais cette fois-ci, il n'y a aucun faux-semblant, pourtant, elle ne dit pas un mot. Je sens qu'elle tente désespérément de cacher quelque chose, mais je n'arrive pas à savoir quoi. Il y a un truc qui fait qu'elle n'est pas elle-même à 100% devant les gens. Je dois continuer de creuser.

Il faut juste que je la provoque suffisamment pour déclencher une réaction, quelle qu'elle soit :

— Vous savez mademoiselle Ravis, vous n'avez pas besoin de jouer les timorées avec moi. Vous pouvez berner vos collègues autant que vous voulez, mais je ne suis pas dupe. Je sais que vous vous efforcez d'être quelqu'un d'autre. Je n'irai pas jusqu'à dire que vous jouez un rôle, mais on s'en approche. Alors, je ne sais pas ce que vous tenez tant à garder pour vous, mais je vous vois. Et, sachez que rien de ce que vous pourrez me raconter sur vous ne changera ce besoin que j'ai de vous posséder.

— Vous êtes un dominant c'est ça. Vous avez peut-être même une salle de jeu où vous emmenez toutes vos soumises ?

Elle se moque de moi et elle prend un malin plaisir à le faire. J'aimerais pouvoir la faire taire. Mais, dans un même temps, je désire qu'elle me parle !

Wow doucement mec, ça fait beaucoup d'un coup-là, tu crois pas ?

Je ne devrais pas rentrer dans son jeu, ou devrais-je dire, le jeu que j'ai initié et au sujet duquel j'ai l'impression de ne plus avoir les commandes du tout. Cependant, je ne peux pas m'en empêcher. Alors, j'utilise la seule référence que je connais en la matière et qui fait écho aux paroles qu'elle vient de me balancer en pleine figure :

— Vous me prenez pour Christian Grey ?

7- Krys

Lorsque Robyn me caresse la joue, mon corps tout entier est parcouru d'un frisson que je peine à dissimuler. Je n'arrive pas à croire que mon boss veuille faire de moi sa chose et j'arrive encore moins à croire que Massimo Pialini lui a envoyé mes résultats au concours. Je suis un peu perdue et j'ai du mal à comprendre, parce que monsieur Laynn a vraiment l'air sincère quand il dit que j'ai du talent. Et il l'est tout autant quand il affirme qu'il veut me « posséder ».

Toutefois, si je suis si talentueuse que ça et qu'il veut me garder comme première assistante, je ne comprends pas pourquoi il veut tout compliquer en prenant le risque de gâcher nos relations de travail. Non pas que je n'en ai pas envie, bien au contraire, Robyn Laynn est un homme très attrayant et beaucoup rêvent sûrement de l'avoir dans leur lit. Néanmoins, si nous franchissons cette frontière alors que nous nous efforçons de ne pas succomber à l'attraction sexuelle qui nous consume visiblement de l'intérieur depuis que nous nous sommes rencontrés, il n'y a plus de retour en arrière. Je me suis donnée tellement de mal pour en arriver où je suis aujourd'hui et je ne veux surtout pas gâcher cette opportunité incroyable. Je suis consciente qu'elle ne se reproduira plus jamais.

J'ai postulé afin de travailler pour monsieur Laynn il y a quelques mois et je n'aurais jamais pensé qu'il me choisirait. D'ailleurs, avant toutes ses révélations, je ne me serais jamais doutée que monsieur Pialini en avait autant fait pour moi. Je ne l'ai pas croisé souvent au cours de mes trois années d'études, mais quand même assez pour discuter avec lui de ce qui l'avait inspiré, de la raison pour laquelle il avait créé son école de mode à Paris et pas en Italie. Nous avons même évoqué une fois ma volonté de travailler au sein de Laynn Agency, mais je n'avais pas réalisé qu'il s'en serait souvenu au point de me propulser sur le devant de la scène.

Et puis, le timing de la proposition de monsieur Laynn est vraiment mal choisi, je suis dépassée par tout autre chose là. J'ai lancé à l'impression le dessin que je voulais mettre dans la boîte à idées sauf que, manque de bol, je me suis gourrée d'imprimante. Du coup, il est censé sortir dans l'imprimante située juste là sur la commode de son bureau.

Évidemment « LAYNN 10 » pour le dixième étage. C'est une catastrophe, je vais perdre mon boulot !

Robyn va découvrir que j'ai modifié l'un de ses croquis sans son autorisation et je n'aurais aucune possibilité de nier. *Pitié Seigneur, faites que la transmission entre mon ordinateur et cette imprimante ne soit pas fructueuse !*

Malgré cela, je reste concentrée sur la conversation et heureusement, car Monsieur Laynn vient d'insinuer de façon claire et sans équivoque, que je suis bête.

Comme ça, le type s'est dit « aller, là, j'me sens chaud, je vais lui dire qu'elle est bête et on verra si ça prend ». Ben ça me plaît très moyen mon gars j'te l'dis.

Je lui fais bien comprendre, mais sa réponse me prend de court :

— Je veux vous baiser et je vous l'ai déjà dit, votre intelligence me stimule.

Je manque de m'étouffer avec ma salive et il fait de nouveau très *très* chaud dans la pièce. Je n'arrive plus à réfléchir correctement alors qu'il continue de parler.

Sa petite personne ne doit sûrement pas avoir remarqué que je ne suis plus du tout en train de jouer la comédie.

Je l'écoute attentivement et mon cerveau bute sur une phrase *« Je vous vois, et sachez que rien de ce que vous pourrez me raconter sur vous ne changera ce besoin que j'ai de vous posséder »*. Mon cœur s'emballe, mais je ne veux pas qu'il s'en aperçoive. Je ne sais pas si je serai capable de lui résister longtemps parce qu'il faut reconnaître que, même si je le trouve atrocement prétentieux, arrogant et imbu de lui-même, il déclenche en moi des sensations que nul n'a encore su occasionner.

Je parle en connaissance de cause, croyez-moi.

Mais, je préfère me foutre de lui en faisant allusion à *Cinquante nuances de Grey*. J'espère qu'il aura la référence, au moins celle du film. Et, c'est le cas puisqu'il me répond très sereinement :

— Vous me prenez pour Christian Grey ?

Ce type veut ma mort je vous assure.

La façon dont il prononce Christian Grey avec son accent british a vraiment le don de me rendre toute chose.

Sauf que je dois me reprendre, car nous nous sommes lancés dans une joute verbale et je ne compte pas m'avouer vaincue de sitôt. Alors je rétorque :

— Ben ça fait un peu cliché tout votre truc de domination. Genre vous désirez me posséder et faire de moi votre jouet. Je suis votre première assistante et vous rêvez de me baiser sur votre bureau, de m'entendre vous supplier de me faire jouir en vous appelant monsieur.

— Je ne fais pas dans ce style-là, mais si vous désirez tant le savoir, vous n'avez qu'à vous laisser tenter.

— Me laisser tenter sérieusement, vous êtes quoi ? Un bonbon, une friandise ?

— En réalité, puisque vous voulez faire de l'humour, je veux vous soumettre. Je n'ai pas besoin que vous m'appeliez Monsieur et je n'ai pas non plus besoin que vous signiez un contrat pour que vous ne répétiez pas ce que nous faisons. Le fait que vous fassiez tout ce que je vous demande me suffit bien assez.

— Vous savez que le personnage d'Anastasia Steele lui résiste très souvent.

— Je ne suis pas comme lui…

Je lui coupe la parole volontairement :

— Ça c'est clair que vous n'êtes pas comme lui. Au moins, cet homme a une raison d'être comme il est, il souffre et c'est comme ça qu'il extériorise sa souffrance, sa rage et sa frustration aussi. Sa petite enfance a été terrible. Erika Leonard James en a fait un personnage attachant rempli d'émotions qui suscitent l'empathie du lecteur à son égard. C'est pour ces raisons qu'Anastasia Steele s'attache autant à lui et qu'elle l'aime. *Vous*, vous avez grandi sans aucune difficulté financière. Vous faites seulement ça parce que vous aimez que les femmes se soumettent à tous vos desiderata sans broncher. Je ne ferai pas partie de celles-là.

— Alors dans un premier temps, je n'aime pas que toutes les femmes se soumettent à moi. J'attends un tel comportement seulement de la part de celles que je veux posséder. Ensuite, sachez que j'aime les femmes, c'est une évidence, mais pas pour les raisons que vous pensez. Je les trouve fortes, intelligentes, combatives et pleines de ressources. Les femmes sont belles. En fait, toutes les femmes ont de la beauté en elles. Mais, certaines sont tellement radieuses qu'il faut savoir les reconnaître, les apprécier et, parfois même, finir par les dominer. Comme je me dis souvent à moi-même : si je devais expliquer à une femme pourquoi j'aime la dominer, je lui dirai que…

Je le coupe en repensant aux mots qu'il vient de prononcer :

— Vous n'avez jamais expliqué à aucune femme pourquoi vous désiriez qu'elle soit à votre merci ?

— Je n'en ai jamais eu besoin. Elles ne m'ont jamais demandé et aucune n'a jamais rien fait qui me donne envie de lui donner des explications. Cessez de m'interrompre maintenant pour que je puisse finir de vous répondre.

Je me tais et le laisse parler.

— Je n'en ai effectivement jamais parlé à personne, mais c'est l'occasion de le partager avec quelqu'un et ce quelqu'un est apparemment vous.

Je ne veux pas qu'il me raconte tout ça par défaut :

— Je ne voudrais pas que vous vous sentiez contraint de me dire toutes ces choses.

— Je ne me sens obligé en aucune manière, mais si vous m'interrompez encore une fois, je cesse de parler, non pas parce que j'ai peur de vous révéler l'un de mes secrets, mais bien parce que c'est exaspérant d'être interrompu et de devoir reprendre le fil de ma narration sans arrêt. Ce que vous pouvez être dissipée parfois ! J'étais en train de vous dire que si je devais expliquer aux femmes pourquoi j'aime les dominer, je répondrais que les femmes sont des êtres pensants, indépendants, mais les femmes sont surtout des individus dotés d'une grande liberté. Et j'aime qu'elles prennent la liberté de *choisir* de se soumettre à moi. En acceptant ou en refusant, elles expriment simplement leur liberté en tant que femme, de décider ou non de devenir mienne. C'est avant tout un choix de la femme, pour l'homme, qui satisfait finalement les deux en même temps. Et, peut-être même plus la femme puisqu'elle qu'elle découvre généralement des choses qu'elle n'a jamais encore expérimentées avec tout l'entendement qui lui est propre, *bien évidemment*.

Sa réponse me coupe le souffle. Je regrette même de l'avoir interrompu tant de fois, car la tirade devait être incroyable en full version sans voix off. Et puis j'ai tout d'un coup envie de me soumettre…

— Je retire ce que je pensais sur vous, vous êtes sexy, mais vous n'êtes pas tant un connard que ça.

Juste ciel ! Je n'en reviens pas d'avoir dit ça à voix haute. Je sens la chaleur me monter aux joues une fois de plus.

Pourquoi ? Pourquoi ? Pourquoi faut-il systématiquement que je l'ouvre ?

— Je retire ce que je pensais sur vous, vous êtes démoniaquement sexy et bien moins timide que ce que vous ne voulez laisser paraître.

Merde, il m'a vraiment bien cerné. Mais, il ne faut absolument pas qu'il découvre la façon dont j'ai payé mon école. Il pourrait me virer ou pire encore.

— Vous ne parlez plus ? Je vous fais tant d'effet que ça ?

Quel grand con prétentieux !

C'est tout à fait ce qu'il me fallait pour reprendre mes esprits :

— Vous êtes toujours aussi arrogant ou c'est simplement pour vous donner un genre en l'honneur de mon premier jour ?

— Et vous ? Êtes-vous toujours aussi impertinente ou c'est simplement pour satisfaire votre patron en l'honneur de votre premier jour ?

Je rêve ou il vient d'utiliser le verbe « satisfaire » ? Ce mec est carrément taré.

— Vous aimez que je sois impertinente ?

Je parle volontairement d'une voix suave.

— Ça me plaît oui, j'ai encore plus envie de vous faire toutes ces choses auxquelles je pense depuis ce matin. Et puis, il faut dire que vous êtes captivante, un véritable volcan au repos.

Je voulais intervenir, mais il met son index devant sa bouche pour m'enjoindre de me taire. Et sans avoir pour quelle raison, je m'exécute pour lui permettre de poursuivre :

— Vous êtes calme jusqu'au moment où vous allez exploser parce que vous vous contenez beaucoup trop. Vous gardez plusieurs choses enfouies en vous, que vous ne partagez pas et qui vous empêchent d'être vous-même parce que vous pensez que si les gens le découvraient, leurs avis sur vous changeraient du tout au tout. Mais, je pense que vous vous méprenez.

Putain mais il est médium ou quoi le type ? Oh merde, ça tourne un peu là.

Je manque de m'évanouir, littéralement. Mes jambes sont devenues semblables à du coton. Il le remarque et m'assied délicatement sur le canapé avant de s'asseoir à côté de moi en prenant le soin de laisser une bonne trentaine de centimètres entre nous.

— J'ai dit quelque chose qu'il ne fallait pas ? Je suis désolé si je vous ai offensé d'une quelconque manière, cela n'était aucunement mon intention. Je vous trouve véritablement attrayante, mais si ce n'est pas réciproque ou si vous ne voulez plus en entendre parler, je vous assure que je me comporterai avec vous avec le plus grand des professionnalismes.

— Ne parlez pas si vite, tout va bien. Vous me plaisez aussi, c'est simplement que cette façon que vous avez de lire en moi comme dans un livre ouvert, me trouble énormément. Mais, nous nous éloignons du sujet, qu'avez-vous pour moi ? Jayce m'a parlé de votre shooting et de ma présentation de demain après-midi.

8- Robyn

Notre discussion est effrénée, la tension sexuelle est palpable et je sens que mon discours sur la domination a réveillé chez Krys un désir. Elle n'a pas l'air totalement réticente pour le moment. Pourtant, je sens qu'elle ne se laisse pas complètement aller et ce n'est pas seulement parce que je suis son patron. Il existe d'autres mystères cachés sous la carapace de cette femme délicieusement séduisante. Et, alors que je pensais qu'elle parviendrait à jouer le rôle de sa vie encore longtemps, sa bouche la trahit pour venir flatter mon égo.

Enfin, elle a dit que j'étais sexy et que je n'étais pas tant un connard que ça. C'est presque un compliment, non ?

Lorsque je lui réponds, elle se mord la lèvre inférieure, probablement sans s'en rendre compte, mais ça ne m'affecte pas moins. Je fais tous les efforts du monde pour continuer de lui parler sans la soulever pour aller la baiser contre la baie vitrée. Cette femme est spectaculaire, elle est douce et sauvage à la fois.

Et désormais, c'est son démon que j'aimerais voir et elle se laisse prendre au jeu. Je dirais même qu'elle est carrément en train de m'allumer. Sa voix me fait l'effet d'une mignotise. Elle tente de m'interrompre et je me doutais qu'elle le ferait après l'avoir qualifié de « volcan en repos ». Mais je ne m'attendais pas du tout à ce qu'elle me laisse effectivement parler. Et alors que je croyais qu'elle m'enverrait dans les roses, elle a une absence et perd l'équilibre. Je ressens soudain le besoin de la protéger. Je l'attrape dans mes bras pour l'asseoir et lui permettre de reprendre ses esprits. Je m'assieds sur l'autre partie du canapé pour lui laisser de l'air et de l'espace, car je ne veux surtout pas qu'elle se sente oppressée.

Je me sens extrêmement coupable, je n'aurais pas dû être aussi direct avec elle. Je n'ai tout simplement pas réussi à faire autrement. C'est à peine si je me reconnais. Habituellement, les femmes sont un amusement, mais je me lasse généralement très rapidement. Mais avec mademoiselle Ravis, c'est différent, plus intense, plus réel, plus déroutant, mais surtout plus addictif.

Et tu ne l'as pas encore goûtée mec t'imagines ?

Je me sens comme un adolescent devant cette femme, elle est comparable à un mirage, d'une beauté tellement enivrante qu'elle parait illusoire. J'ai envie de la dominer et pourtant, là tout de suite, après l'avoir vue si fragile, j'ai peur qu'elle croie que je veux exercer sur elle un ascendant sur notre lieu de travail. Alors, je me confonds en excuses.

Il ne te reste que ça à faire mec de toute façon ! Elle a quand même failli tomber en syncope.

Elle me rassure rapidement, et ses mots font écho en moi comme un cri dans la montagne *« Vous me plaisez aussi, c'est simplement que cette façon que vous avez de lire en moi comme dans un livre ouvert me trouble ».* J'aurais aimé pouvoir lui répondre, mais elle ferme la conversation en parlant du travail.

Je ne peux lui en vouloir. J'ai touché un point sensible de son histoire et je pense que je lui ai fait vivre assez d'émotions pour ce soir.

— Oui tout à fait, vous serez seule demain matin. Natacha sera absente également. Vous aurez le temps de rédiger l'édito pour le numéro deux de la collection dans la matinée. Dans l'après-midi, vous devrez assurer la présentation des différents articles et rubriques du journal sur le thème « La mode, premier accessoire de la businesswoman » afin de donner à vos collègues la bonne direction à suivre pour travailler. L'équipe d'encadrement pourra vous venir en aide si vous en avez besoin, mais je pense que vous vous en sortirez très bien seule. Voici le dossier de présentation. Je vous ai déjà tout préparé, ne vous en faites pas, il vous suffit simplement d'en prendre connaissance.

Elle feuillette les pages du document, sourit puis fronce les sourcils, puis sourit de nouveau avant de me mirer. Ses yeux sont d'un vert émeraude profond comme on en voit très rarement. Elle ne me lâche pas du regard, comme si cela lui était impossible et je pourrais jurer qu'elle se retient de me sauter dessus. Mais, au lieu de ça, elle dit calmement :

— Vous avez de très bonnes idées monsieur Laynn. C'est un réel plaisir de travailler pour vous, je tâcherai d'écrire un édito qui soit digne de votre collection. Permettez-moi de vous présenter mes excuses d'avance si je ne parviens pas à égaler votre niveau d'écriture.

— Ne soyez pas si modeste. J'ai lu ce que vous avez écrit pour décrire votre création, comment avez-vous dit déjà « Sa robe, ensorcèle les âmes tant qu'un rien sur une épaule gauche dénudée, n'ai su se poser pour l'en dissuader. Des traits sensuels cintrés à la taille, elle épouse ses formes sans faille d'un coton rouge alizarine, mais ce n'est qu'un détail. Tant de tissus assemblés en un délicat décolleté ne sauraient ravir de longues jambes que d'une coupe fendue en mousseline jusqu'à ses pieds. Et dans le dos, soudainement, en un tour de hanche, elle serait nue, elle n'existerait plus pour faire flamboyer le corps, que dis-je, la magnificence de celle qui la portera. Rouge sera la robe, déclinée en toutes ses nuances, pour que par-delà la mort, elle continue d'exister sans que rien ne bouge. Elle s'appellera Espérance puisque même après le sang, elle habillera toujours d'autres gens pour les rendre contents de seulement vivre dans le temps ». Vous savez que c'est lumineux, je ne connais personne dans mon entourage qui ait su décrire une robe avec autant de finesse, moi y compris.

— Vous êtes en train de me dire que vous avez appris tout ça par cœur ?

— Ce n'est pas exactement cela, disons que je l'ai lu suffisamment pour pouvoir m'en souvenir de façon assez nette.

Sa bouche vient former un « O » comme si je venais de lui annoncer une nouvelle catastrophique et je me sens terriblement con de m'être emporté à ce point.

Qu'est-ce que tu crois mec ? Tu viens de lui réciter mot pour mot la rédaction du concours qu'elle a passé alors que vous ne vous étiez jamais rencontré. Tu t'attendais à quoi ?

— Krys ?

— Laissez-moi atterrir s'il vous plait.

— Que voulez-vous dire ?

— Attendez.

Elle est en train de rire à présent. Je ne comprends strictement rien à ce qui est en train de se passer. Puis, elle s'esclaffe :

— Donc, si j'ai bien compris, vous êtes en train de me dire, que vous, Robyn Laynn ici présent, avez imprimé ma rédaction par cœur dans votre tête. Vous êtes carrément fan de moi en fait !

Si tu savais !

— Je suis tombé dessus ce matin et je me suis souvenu des fois où je l'ai lue, je me suis simplement rafraichi la mémoire.

À la fin de ma phrase, je m'aperçois que je viens de me trahir et elle ne manque pas de me le faire remarquer :

— Moi qui pensais que vous étiez atteint d'hypermnésie, je suis un peu déçue, vous avez seulement l'air d'un fou maintenant.

Oh putain, elle me prend pour un gros malade.

— Vous devriez voir votre tête, c'est à mourir de rire ! Je plaisante, je suis désolée, je n'ai pas pu m'en empêcher.

Elle se paie carrément ma tête et j'aurais fait pareil à sa place, d'autant plus que je lui ai donné le bâton pour me faire battre, donc je n'ai finalement que ce que je mérite.

J'aurais vraiment pu bien m'entendre avec elle dans un autre contexte, si elle ne se refusait pas autant à devenir mienne.

— Vous savez monsieur Laynn, si je n'étais pas votre première assistante, les choses auraient certainement été différentes.

Cette femme est faite pour moi, elle lit dans mes pensées. Je sais ce qu'elle veut dire, mais je veux l'entendre de sa bouche, je veux l'entendre m'avouer qu'elle me laisserait la baiser partout où il est possible de jouir allègrement dans cette pièce.

— Que voulez-vous dire par là ?

— Que j'ai du travail monsieur Laynn, et qu'il ne va pas se faire tout seul alors si vous n'avez rien à me dire de plus au sujet de ma présentation de demain, je vais rentrer chez moi parce qu'il est 19 h passées.

— Vos heures supplémentaires vous seront rémunérées, ne vous inquiétez pas.

— Oh mais, je ne suis pas inquiète.

Quelle impertinence, j'adore cette femme !

Et elle se lève d'un bon pour faire rouler ses merveilleuses courbes jusqu'à l'ascenseur.

C'est pas vrai, elles se sont donné le mot ou quoi ?

9- Krys

Je sors du bâtiment tout sourire tant je suis fière d'avoir fait une sortie remarquée. Je ne m'attendais pas du tout à ce que la discussion prenne cette tournure lorsque Robyn m'a convoqué dans son bureau. J'étais encore moins préparée à la façon dont les choses paraissent tellement simples entre nous, faciles, naturelles et primaires.

C'est comme si je le connaissais depuis toujours.

Robyn Laynn a toutes les qualités que je recherche chez un homme : il est beau comme un Dieu, intelligent, inventif et investi dans son travail. C'est un artiste, il dessine ses collections seul avec toutes les idées, couleurs, formes et tissus qu'il imagine. Il a la peau mate, la barbe rasée de très près et des fossettes absolument craquantes. Il est grand à tel point que j'ai l'air minuscule à côté de lui du haut de mon mètre soixante-douze. Et pour couronner le tout, son caractère est doux et féroce à la fois tandis que sa voix est d'un rauque à m'en faire craquer…

Il serait peut-être temps que tu reconnaisses que t'es complètement tombée sous le charme ma grande.

Je n'ai jamais ressenti une telle attraction physique envers un homme et voir à quel point il peut avoir de l'admiration pour mon travail me rend horriblement réceptive à tout ce qui peut sortir de ses deux jolies lèvres charnues.

Et puis, son accent est à tomber, je vous jure, surtout lorsqu'il prononce « mademoiselle Ravis ».

Je rentre à pied jusqu'à chez moi, j'ai besoin de m'aérer l'esprit, essayer d'avoir les idées claires. Malheureusement, je ne parviens pas à me sortir Robyn de la tête. Quand j'arrive chez moi, il est déjà 20 h et je meurs de faim. Je fais réchauffer le reste de chinois que j'ai acheté hier soir et engloutis le tout en quelques minutes.

J'ai hâte de prendre une bonne douche chaude.

Je reste un moment sous le jet d'eau. L'eau brûlante qui coule sur ma peau me donne une sensation de bien-être incroyable. Je repense à ma journée d'aujourd'hui et souris comme une idiote. Ce matin, je ne pensais pas que ma première journée de travail chez Laynn Agency se finirait aussi bien. Je me suis trompée sur Robyn Laynn, il n'est pas l'homme froid et irrespectueux que je pensais qu'il était. Je regrette presque de l'avoir aussi mal jugé, mais bon, il faut dire que nous n'étions pas vraiment partis du bon pied. Heureusement, les choses se sont apaisées entre nous maintenant que nous savons que nous sommes attirés l'un par l'autre. Je ne sais pas où tout cela va nous mener, mais ce qui est sûr, c'est que je ne compte pas passer à côté de la chance que j'ai de travailler pour lui.

Ce poste de première assistante est vraiment le job de mes rêves et j'en ai chié pour en arriver là. Donc je suis prête à renoncer à mon attirance pour lui si cela nous permet de garder de bonnes relations de travail. Et je suis sûre qu'il serait d'accord avec moi.

Nous pouvons nous contrôler, nous sommes des adultes et non des animaux.

Je m'assieds sur mon canapé et prends plus amplement connaissance du dossier. Il y a multitude de croquis de tailleurs, de jupes, de pantalons, de manteaux, couvre-chefs et accessoires en tout genre. Plusieurs feuilles renferment de la documentation. La dernière d'entre elles est intitulée « Rubriques du magazine ». La liste des rubriques est d'une longueur incalculable : « La mode a façonné ma carrière », « Monter son business avec élégance », […] « la businesswoman, sous toutes les coutures ». En voyant cette liste, je prends conscience que la collection « Femmes influentes » de monsieur Laynn est bien plus vaste que ce à quoi je m'attendais. Il découpe son projet en plusieurs mini-collections chaque semaine. Cet homme est hallucinant. Il regorge de créativité et son ambition est sans précédent.

Au bout de deux heures et demie de concentration intense, je suis épuisée. Je me dirige vers ma chambre, me pose dans mon lit et allume la télé. Je crois que le moment que je préfère après une longue journée de travail est celui où je glisse mon corps ensommeillé sous mes draps en satin de soie. Je m'endors devant *Murder* avant de me réveiller le lendemain à 8 h.

Je me prépare en musique car je suis de super bonne humeur ce matin. Je chante et danse partout dans ma maison. En plus, j'ai mon cours de danse ce soir à 19 h. Il me tarde d'y être ! J'étais tellement débordée hier que je me suis trompée lorsque j'ai dit à Jayce que mon cours était le jeudi soir.

Vous voyez, ça c'est l'effet Robyn Laynn, il vous perturbe à tel point que vous en oubliez les jours de la semaine.

Je mange une tartine beurrée avant de m'échapper de chez moi avec mon sac à main, mon sac de sport et mon thermos rempli de chocolat chaud. Je ne suis pas très café, j'en bois rarement lorsque je me sens extrêmement fatiguée. Mais je trouve cette boisson chaude vraiment infecte.

Comment les gens font pour être accros à la caféine sérieux ?

J'arrive au travail en voiture à 8 h 54 et remercie intérieurement la voiture d'exister. Bon, j'avoue que j'ai mis un petit moment avant de m'habituer à la conduite à droite ; j'avais toujours conduit à gauche avant de m'installer à Londres.

Je rentre dans le bâtiment, salue le personnel à l'accueil et gagne l'ascenseur pour me rendre au neuvième. L'étage est complètement vide et je suis contente de savoir que je serai seule avec moi-même pour la rédaction de mon premier édito.

C'est une étape importante pour moi et j'aimerais vraiment que tout soit parfait. Je veux que monsieur Laynn soit bluffé, qu'il se dise qu'il a eu totalement raison de me choisir comme première assistante. Mon objectif est de lui devenir indispensable, qu'il ne s'imagine pas travailler avec quelqu'un d'autre que moi.

J'allume mon ordinateur, mais je l'éteins presque aussitôt. Je ne tiens pas spécialement à me retrouver devant une page blanche donc je pense qu'écrire sur mon téléphone me mettra beaucoup moins la pression. Je ne perds pas une seconde et me mets à taper sur l'écran tactile :

« La mode est un art, elle est une œuvre palpable de l'esprit, une création humaine répandue à l'échelle du monde entier. La mode est le fruit de diverses sources d'inspiration : une couleur, une peinture, une odeur, un souvenir, un dessin, un pays, un visage, une émotion, une envie, un habit, un goût, une mélodie. La mode est partout, et pourtant, elle n'est pas la même aux quatre coins du monde. Elle est changeante et s'adapte aux morphologies, aux saisons, aux mentalités, aux âges, aux teintes de peau, aux décennies qui s'écoulent, aux occasions de la vie.

La mode est un choix, celui de porter ou de ne pas porter telle ou telle pièce, telle ou telle marque, tel ou tel vêtement avec telle ou telle paire de chaussures. Mais, la mode est avant tout un accessoire, elle nous accompagne tout au long de la journée, et détermine la personne que nous sommes. Elle est une affirmation de soi en même temps qu'elle est l'affirmation d'un choix. C'est la raison pour laquelle, la mode est le premier accessoire de la businesswoman. Cette femme forte et ambitieuse qui décide de se lancer, qui monte son entreprise, qui court d'un bout à l'autre de la ville sur ses talons hauts pour régler une affaire, qui réussit sans l'aide de personne, qui n'accepte pas d'être corrompue, car son pouvoir en tant que femme réside dans sa tête et nulle part ailleurs.

La mode permet à la businesswoman de se sentir à l'aise, peu importe les situations auxquelles elle est confrontée, car elle fait se sentir belle et bien dans son corps. Qu'importe la forme qu'elle prend, qu'il s'agisse d'une robe tailleur, d'un costume, d'un ensemble, d'une tunique et qu'importe la matière du tissu, la mode ne lâchera jamais la femme d'affaires. Elle est sa plus fidèle alliée avant même le téléphone, car elle rend confiante, élégante et sûre de soi. Lorsqu'elle se voit dans le miroir, la businesswoman sait que son accoutrement lui fera justice, sinon, elle en change.

En effet, dans la société patriarcale dans laquelle nous vivons, la working girl érige en principe le fait de bien être habillée, de bien présenter, d'être classe et impeccablement confortable dans la tenue qu'elle porte. La mode est le premier accessoire de la businesswoman tout simplement parce qu'elle ne lui fera jamais défaut et lui donnera l'assurance qu'il faut pour exceller dans toutes les disciplines.

De surcroit, la mode permet à la femme d'affaires de se positionner dans la société. Elle marque une appartenance, une identité, une façon de penser, d'être et d'avancer dans la vie. Et pourtant, la mode n'enferme aucune femme, elle va et vient à mesure que le temps passe et au gré des convoitises. Elle se modernise et calque son rythme sur ce que les créateurs veulent que les gens portent et ici, en l'occurrence, pour répondre aux besoins des working girls de ce monde.

Mesdames, cette collection est pour vous, si vous manquez de confiance en vous avant d'aller négocier un contrat, démarrer votre business, rechercher des investisseurs... rappelez-vous que la collection « Femmes influentes » vous épaulera aussi longtemps que vous le désirerez. Vous êtes merveilleuses, alors faites que tout le monde soit au courant, portez ce que vous aimez et ce qui vous donne envie d'arpenter les chemins de la vie avec aplomb. Je veux qu'à chaque fois que vous observez votre reflet dans une glace, vous soyez fières de celle que vous voyez, car la femme qui se tient devant vous est capable de tout, si les affaires ne l'ont pas arrêtée, rien ne le pourra ».

Je relis mon édito et je suis plutôt fière du rendu final. La façon dont j'ai présenté les choses me paraît claire et je ne crois pas m'être éloigné du sujet. *J'espère que monsieur Laynn sera du même avis*. Je récupère le fichier sur mon ordinateur et lui envoie par mail sauf que ce dernier ne s'envoie pas. *J'ai vraiment un problème avec la technologie ces derniers temps, c'est pas vrai*. J'essaye de trouver l'origine du problème, et finalement je m'aperçois que je n'ai pas mis d'objet. *C'est donc pour ça qu'il refuse de s'envoyer*. Alors, j'écris « URGENT – Édito « la mode, premier accessoire de la businesswoman » ».

Je n'ai rien à faire dans l'immédiat, donc j'envoie un texto à Jayce pour prendre des nouvelles :

SALUT JAYCE, COMMENT SE PASSE LE SHOOTING ?

Il me répond presque instantanément :

TOUT VA BIEN CHOUCHOU, JE PENSE QU'ON EN A ENCORE POUR UNE PETITE HEURE. PAR CONTRE, CE MATIN, LE PHOTOGRAPHE ÉTAIT EN RETARD ET ROBYN N'A PAS TROP APPRÉCIÉ.

Je comprends qu'il soit à cheval sur la ponctualité, je déteste qu'on me fasse attendre moi aussi.

C'EST COMPRÉHENSIBLE. TU PENSES QU'IL AURAIT LE TEMPS DE REGARDER SES MAILS ?

Sa réponse ne se fait pas attendre :

JE PEUX LUI DEMANDER SI TU VEUX.

Non, non surtout pas, je ne veux pas le déranger, ça peut attendre.

NON C'EST PAS LA PEINE T'INQUIÈTE.

Mon téléphone se remet à vibrer :

C'EST DÉJÀ FAIT CHOUCHOU ! IL A DIT QU'IL TE RÉPONDRAIT BIENTÔT.

Je le remercie, active le mode sonnerie de mon téléphone et le dépose sur mon bureau avant d'aller récupérer le dossier de présentation dans mon sac. Je l'examine une dernière fois puis descends déjeuner.

Aujourd'hui, j'ai envie de manger quelque chose de gras et de consistant. Je me suis réveillée avec une envie de burger et je compte bien la satisfaire. Je me balade dans la rue à la recherche du mets qui correspondrait à mes attentes. Mes narines sont alpaguées par une odeur de friture au croisement d'une rue et je commande à l'intérieur du restaurant sans plus tarder. La nana à la caisse n'est pas très aimable, mais je la comprends. Je pense que ça me soulerait aussi de travailler dans un restaurant au moment de la pause déjeuner alors que je suis affamée. Je lui souris avant de m'en aller avec mon sac.

J'ai choisi le burger qui réunit tout ce que j'aime : de l'avocat, du bacon, de la salade, des tomates, des oignons, de l'emmental et une tranche de poulet croustillante. Et bien évidemment, j'ai pris les frites de patate douce avec de la sauce moutarde.

J'avais l'intention de retourner manger au bureau, mais ce serait faire un affront au soleil londonien que de s'enfermer entre quatre murs et ne pas profiter de cette température estivale. Je m'assieds dans un parc et dévore mon burger avec appétit. Je fais attention à ne pas me tacher, car la sauce barbecue sur un pantalon clair n'a jamais été à la pointe de la mode.

En tout cas, pas à ma connaissance.

Lorsque je finis mon festin, je me sens repue et contente de vivre. C'est fou comme manger peut rendre heureux.

Il est 12 h 46 quand je remonte dans mon bureau. J'ai un message d'un numéro inconnu :

C'EST DU BON TRAVAIL. JE NE VOUS SOUHAITE PAS BON COURAGE POUR VOTRE PRÉSENTATION, VOUS AVEZ DÉJÀ TOUT CELA EN VOUS. R-.

Je devine que ce message vient de Robyn et je ne peux m'empêcher de sourire à mon téléphone.

T'es vraiment piquée ma pauvre.

Je suis touchée par cette attention, touchée qu'il ait pensé à moi. Je réunis mes affaires et prends l'ascenseur jusqu'au troisième étage. La salle est pleine à craquer, presque comme hier, mais des chaises et des tables ont été disposées de façon ordonnée pour l'occasion. Je suis plutôt confiante, j'ai bien travaillé sur le dossier que monsieur Laynn m'a donné hier soir donc il ne devrait pas y avoir de problème.

Du moins c'est ce que je pensais.

Je commence sans tarder :

— Bonjour à toutes et à tous. Comme vous le savez, la collection « Femmes influentes » est un projet d'une importance capitale pour Laynn Agency. Le numéro un ***La mode, un mode d'expression du pouvoir féminin*** sort ce soir et nous allons être très occupés dans les prochaines semaines. Mais ne vous en faites pas, vous n'êtes pas livrés à vous-même.

Je bois une gorgée d'eau et poursuis mon introduction :

— Le numéro deux de la collection est intitulé ***La mode, premier accessoire de la businesswoman***.

Pour vous donner une idée de la direction que monsieur Laynn souhaite donner au magazine, je vais vous lire quelques lignes de l'édito.

J'entame ma lecture et constate que tous mes collègues ont l'air attentifs. Je n'avais pas d'appréhension particulière, mais je suis tout de même soulagée de voir qu'ils respectent mon travail. Certains prennent des notes sur leur calepin, d'autres sur leur ordinateur et l'autre partie du groupe semble privilégier l'écoute.

Lorsque je me tourne pour écrire au tableau le titre des différentes rubriques et articles dont traitera le magazine, j'entends plusieurs voix jacasser derrière moi. Puis des rires éclatent, mais je ne parviens pas à distinguer ce qui est dit, car le bruit provient du fond de la pièce. Je n'y prête pas attention plus que ça et termine d'écrire la dernière rubrique au tableau. Je commence ma phrase, mais je suis coupée en plein milieu par des bruits.

Ils commencent tous à m'agacer là :

— Vous pouvez arrêter de glousser sans raison c'est extrêmement désagréable.

Mais les rires continuent de plus belle alors je me tourne vers le tableau histoire de vérifier si je n'ai pas fait une faute d'orthographe monumentale qui justifierait ce brouhaha naissant. Rien ne me saute aux yeux quand une voix masculine venant du fond s'exclame :

— Eh les gars, j'en ai une bonne pour vous. Que dit un homme à une femme pour la séduire quand elle a le fendard ensanglanté ? … Vous êtes tout bonnement règlesplendissante.

Toute la salle se met à rire et je suis figée sur place. Je ne parviens ni à bouger, ni à réfléchir, ni à faire quoi que ce soit d'autre. Et alors que je me voyais déjà m'enfoncer dans le bassin de la honte, la voix de monsieur Laynn tonne à travers la pièce amenant le silence immédiatement :

— Qu'est-ce qui vous arrive, vous n'avez jamais vu une petite tache de sang ?

Mon sauveur !

Il me tend sa veste pour que je cache ma tâche et m'invite à le rejoindre avant de murmurer :

— Venez avec moi, vous allez vous changer !

On pourra dire ce qu'on veut, monsieur Laynn est autoritaire, arrogant et peut-être même prétentieux. Mais il m'a défendu devant presque tous les salariés de la boîte et je trouve ça vraiment héroïque.

Je le suis dans le couloir jusqu'à l'ascenseur. Il me laisse entrer, appuie sur le bouton de fermeture des portes avant d'insérer la clé qui mène à son étage dans la serrure.

J'ai comme une impression de déjà-vu.

La même scène qu'hier matin se déroule devant mes yeux à l'exception près que je suis seule à accompagner monsieur Laynn au vingt-sixième étage et que, désormais, la tension sexuelle qui existe entre nous est avérée.

10- Robyn

Après mon entrevue avec mademoiselle Ravis, je mets un petit moment avant de revenir à la réalité. C'est simple, j'aime tout chez cette femme, sa beauté, son intelligence, son insolence, son corps, ses jambes, son cou, sa bouche...

Je suis vraiment dans la merde.

De toutes les femmes talentueuses sur terre, de toutes celles qui travaillent pour moi et pour lesquelles je n'ai jamais eu à lutter contre mes instincts primaires, il fallait que ma première assistante soit celle qui me fasse tourner la tête.

J'ai besoin de me changer les idées, de retourner à la vraie vie, celle où le fantasme de mademoiselle Ravis nue sur mon bureau, les mains liées et les yeux bandés, n'existe pas.

J'envoie un message à ma mère pour la prévenir que je viens diner chez elle ce soir.

J'ignore toutes les notifications affichées sur mon téléphone et range mes affaires dans ma sacoche d'ordinateur avant de me rendre au parking. Il est quasiment vide à l'exception de cinq véhicules. Ce sont probablement ceux du chef de fabrication et de l'équipe de correcteurs du magazine.

En même temps, à 19 h 30, il fallait s'y attendre.

Aucun de mes salariés ne travaille après 19 h à moins qu'il n'en décide autrement pour les besoins de son travail et sous réserve d'une rémunération majorée en conséquence.

C'est une règle que j'ai fixée il y a trois années de cela, car je voulais permettre à mes employés de profiter de leur famille lorsqu'ils sortent du travail. Comme ma mère me l'a toujours dit, « un bon équilibre entre la vie de famille et le travail rend le salarié content de travailler, car il sait qu'à la fin de la journée, il aura le temps de retrouver les siens et d'embrasser ses enfants avant qu'ils s'endorment ». Elle était très heureuse lorsqu'elle a appris que j'avais inséré cette nouvelle clause aux contrats de travail.

Je dépose mon sac sur la banquette arrière et consulte mon téléphone avant de prendre le volant. J'ai un message de ma mère :

SUPER MON CHÉRI, KATY ET LÉONIE SONT DÉJÀ LÀ.

J'ai quelques mails sans grande importance, un message de Natacha auquel je ne compte pas répondre :

ALORS ROB, TA FIÈVRE S'EST CALMÉE ?

Elle a le don pour m'agacer en permanence celle-là.

J'ai un autre message de ma grande sœur :

SALUT ROB, J'ESPÈRE QUE T'AS PAS OUBLIÉ LE DINER CHEZ LES PARENTS CE SOIR.

Ben si j'avais oublié, mais personne ne le saura !

Léonie est sans doute le meilleur pense-bête humain que j'ai eu de ma vie. Quand nous étions enfants, elle me rappelait déjà ce que je devais faire tellement j'étais tête en l'air. Je passais le plus clair de mon temps à dessiner des vêtements en tout genre et j'en oubliais totalement le reste, à tel point qu'elle devait parfois me pousser à aller au lit ou à faire mes devoirs pour ne pas me faire gronder par les parents. Ou alors elle faisait tout pour que je n'oublie pas mon sac à dos pour aller à l'école.

Ma grande sœur est une super femme, elle a accouché de son deuxième enfant il y a quelques semaines. Je vous assure que ma nièce Lara est déjà le plus beau bébé au monde, et pourtant elle n'a même pas encore deux mois.

J'allume la radio et me mets en route vers la maison familiale. Le trajet n'est pas long du tout, car ma mère habite à une dizaine de minutes de Laynn Agency. Je me gare dans la cour et remarque que la voiture de Jacob n'est pas encore là.

C'est étrange.

Jacob est le faux jumeau de Léonie, le plus grand farceur que je connaisse et surtout le mec le plus ponctuel que l'univers n'ait jamais connu. D'ailleurs, je suis même sûr qu'à ce niveau-là, on ne parle plus de ponctualité, mais vraiment d'angoisse exacerbée du retard. Il est toujours à l'heure et j'insiste bien sur la permanence qu'implique cet adverbe.

Je sonne et m'apprête à ouvrir la porte quand ma mère me devance pour m'accueillir le sourire aux lèvres et les bras grands ouverts :

— Mon chéri ! Je suis tellement contente de te voir. Viens, entre.

— Moi aussi maman, tiens je t'ai pris le champagne Louis Roederer que tu aimes tant.

Je lui tends la bouteille et lui rends son étreinte avant d'accrocher ma veste sur le porte-manteau à l'entrée.

— Jacob n'est pas encore là ?

— Il ne viendra pas, Milan a des coliques.

Tout s'explique !

Jacob ne serait jamais arrivé en retard à un diner de famille. Je me disais aussi que ça ne lui ressemblait pas.

— Moi qui croyais que nous allions tous assister au premier retard de son existence.

Je me mets à rire et elle me tape gentiment l'épaule pour me réprimander :

— Ne te moque pas de ton frère Robyn, il n'est même pas là pour se défendre.

— Je sais bien, c'est pour ça que je le fais. Il m'aurait déjà rabattu le caquet sinon.

Et nous rions à présent de concert. Elle m'emmène jusqu'au salon où se trouvent mes deux sœurs et mon père. Katy se jette dans mes bras :

— Robyn ! Je suis trop contente que tu sois là, tu m'as manqué.

Je la serre fort et lui embrasse le front.

Katy et moi avons huit ans de différence. Elle est la cadette de la famille et ma petite protégée. Quand ma mère m'a annoncé sa grossesse, je n'avais que huit ans, mais je me souviens comme si c'était hier de la joie que m'a procurée cette nouvelle. Et le jour de sa naissance, lorsque je l'ai prise dans mes bras pour la première fois, j'ai su que je la protègerai à chaque fois que j'en aurai l'occasion.

— Salut mon crapaud !

— Arrête de m'appeler comme ça, je deviens une femme maintenant.

Je lui souris et vais saluer mon père et Léonie.

— Salut fiston, comment vont les affaires ?

— Et toi, le golf ?

— Je suis bientôt un véritable professionnel, Tiger Woods n'a qu'à bien se tenir !

J'explose de rire à cette déclaration de mon père. Si Jacob était là, il aurait renchéri sur quelque chose d'encore plus drôle. Ces deux-là se ressemblent vraiment beaucoup.

Dommage qu'il ne soit pas là…

— Je suis à peu près au même niveau, on peut dire que je me débrouille dans le monde de la mode. Maman t'a montré la couverture du premier numéro ?

— Oui, ta mère est vraiment magnifique, le papier glacé lui va si bien au teint.

Il la regarde amoureusement et se lève pour lui déposer un baiser délicat sur les lèvres.

Mes parents s'aiment comme des adolescents depuis que je les connais. Malgré le temps qui passe, ils sont toujours aussi fous l'un de l'autre. Leur mariage est un réel exemple de réussite, de concessions et d'amour. Lorsque Léonie, Jacob et moi étions petits, nous étions dégoûtés de voir nos parents s'embrasser. C'était le cas d'à peu près tous les enfants à mon avis. Désormais, je les regarde avec admiration, ils sont deux époux aimants et dévoués l'un envers l'autre. Ce sont deux alliés soudés dans la vie et dans le mariage, donc je les respecte d'autant plus pour cette raison. Ils se connaissent depuis trente-neuf ans, sont ensemble depuis trente-quatre ans et fêtent leurs noces de perle en septembre.

— Ça va, je ne vous dérange pas tous les deux ?

J'avais presque oublié que mon père et moi n'étions pas seuls.

— Excuse-nous Léonie, comment va ma grande sœur préférée ?

— Tu n'en as pas qu'une, donc tu n'as pas vraiment le choix. Viens par là.

Nous nous éloignons vers la véranda et elle me prend les mains avant de me regarder avec intensité.

Tout ce suspens ne me dit rien qui vaille. Natacha lui a-t-elle parlé de Krys ? Elles aiment bien se raconter ma vie toutes les deux.

— La bouteille de Louis Roederer ? Où tu l'as trouvée ?

— Comment ça ?

De quoi elle parle ?

— Tu vas pas me la faire à moi Rob, je sais très bien que t'avais oublié le diner chez les parents. Comment tu fais pour toujours te débrouiller ?

— Je l'ai achetée en début de semaine quand j'ai eu maman au téléphone. Je ne m'en souvenais plus jusqu'à ce que je regarde dans mon coffre tout à l'heure. Mais, je comptais diner chez maman ce soir de toute façon.

— Comme ça ?

— Comme ça quoi ?

— Tu t'es dit en finissant ta journée de travail, tiens et si j'allais voir ma petite maman ?

— C'est déjà arrivé, je ne vois pas où est le problème !

— Qu'est-ce que tu me caches, Rob ?

Je feins l'exaspération avant de répondre :

— Natacha et toi vous existez vraiment pour me pourrir la vie. Je ne peux pas être tranquille deux secondes sans que vous ne me harceliez de questions. C'est insupportable !

— Oh là là, Monsieur a eu une journée difficile on dirait.

Je m'apprêtais à lui répondre quand la voix de ma mère nous parvient du salon :

— Léonie, Robyn, venez à table.

Nous sortons de la véranda et rejoignons le reste de la famille déjà attablée et prête à rompre le pain.

Ma mère a une fois de plus mis les petits plats dans les grands. Deux chandeliers sont disposés de part et d'autre de la nappe blanche en coton. Un plat de rosbif accompagné de légumes sautés est posé au centre de la table, de même qu'un plat en argent couvert de cornish pasties. La bouteille de champagne que j'ai offert à ma mère est allée rejoindre les autres vins présents sur la table. Toutes sortes d'ustensiles et de couverts recouvrent la nappe ainsi qu'un pichet d'eau et une casserole avec de la purée.

C'est sûrement pour Katy.

Il est quasiment impossible de lui faire manger d'autres légumes que de la pomme de terre et encore, c'est à condition qu'il s'agisse de purée, de frites ou de chips uniquement.

— Seigneur, bénissez cette nourriture. Merci de nous permettre de nous retrouver en famille et de partager ensemble ce moment d'amour et de convivialité. Amen.

Ma mère a toujours récité une prière avant que nous ne commencions à manger. Personnellement, je n'ai jamais été particulièrement croyant et, au fil des années, mon goût pour l'athéisme s'est creusé. Je n'ai jamais prié ni lu *la Bible*, mais j'adorais chanter à l'église lorsque j'étais plus jeune. J'aime toujours chanter d'ailleurs, mais personne ne m'a plus jamais entendu sortir une note depuis au moins dix ans. C'est un privilège qui n'est réservé qu'aux murs des salles d'eau du monde et à mon bureau de temps à autre.

Nous commençons à nous servir. Katy ne prend effectivement que du rosbif et de la purée donc je la charrie :

— Décidément Katy, tu ne manges toujours pas de légumes ! Moi qui croyais qu'à tes vingt ans tu cesserais de faire la capricieuse avec la nourriture !

Elle prend sa voix de bébé pour me répondre :

— Ce n'est pas vraiment un légume en réalité, et puis lorsque je n'aime pas quelque chose je n'ai pas envie de me forcer.

Puis elle reprend une voix plus sérieuse pour préciser son propos :

— Tu sais, nos jours sont comptés sur Terre donc je préfère dès maintenant faire mes choix en fonction de ce qui me fait envie et non en fonction de ce qui dans la pensée collective, est bon pour moi. Tu m'suis ?

À quel moment est-elle devenue si mature ?

Je la revois encore me courir dans les bras en criant « byyyn, byyyn ». Elle n'arrivait pas à prononcer mon prénom en entier lorsqu'elle apprenait à parler.

Je laisse les souvenirs défiler et me remémore cette scène – assez drôle avec du recul – qui s'est déroulée ici même :

— Byyyn, Byyyn.

Elle me court dans les bras et je la soulève pour la faire tourner. Elle n'arrête pas de rire et ses yeux brillent comme ceux d'un enfant rempli d'innocence. Mon père l'assoit sur sa chaise haute et ma mère pointe du doigt les haricots avant d'affirmer d'une voix maternelle :

— « Bean », c'est ça. Ton frère s'appelle *Ro*-byn. Pas juste byyyn, si tu l'appelles seulement byyyn, ça veut dire que ton frère est un haricot, tu comprends ?

Katy regarde les haricots, puis elle me regarde comme si elle prenait conscience de ce que ma mère venait de lui expliquer. Puis elle se met à rire de ce rire adorable que font les bébés. Évidemment, tout le monde l'a suivi dans ce fou rire sauf moi, car avant cet épisode, je n'avais jamais fait le lien avec un haricot et cela ne m'amusait pas du tout qu'on rie de moi.

Je suis tiré de mes pensées par la question de ma mère :

— Alors mon chéri, comment se passe le lancement de ta nouvelle collection ? Tu m'as montré la couverture du magazine, mais je ne connais rien des détails de ton projet.

Quatre paires d'yeux me détaillent avec profondeur alors je me lance, mais je ne veux pas trop en dire non plus :

— La collection « Femmes influentes » est une collection féministe. Elle va au-delà du simple habillement de la femme et vise à leur permettre de s'affirmer au travers de la mode et du bien-être qu'elle procure. Le premier numéro sort demain à 17 h, donc vous en saurez plus à ce moment-là.

— Toi et le féminisme !

Léonie me regarde avec dédain, elle déteste le mot « féministe » alors qu'elle doit être l'une des plus ferventes défenderesses de la cause des femmes que je connaisse.

— Tu peux parler toi !

— Merci Katy.

— Moi je suis à fond derrière toi, il faut réveiller les consciences !

— Rappelle-moi, quel âge tu as déjà ?

Elle m'impressionne toujours autant, je n'ai pas l'impression qu'à son âge, mon cerveau réfléchissait aussi rapidement.

— Vingt ans, bientôt vingt-et-un.

Elle est toute contente de me l'exposer.

Nous continuons de discuter et ma mère apporte le dessert lorsque nous en avons fini avec nos assiettes. La délicieuse odeur de crumble aux pommes me chatouille les narines et je suis heureux d'être en famille. Je me demande ce que Krys est en train de faire.

Merde, je n'avais pas pensé à elle depuis un petit moment...

Maintenant que j'ai de nouveau pris conscience de son existence dans ma vie, je ne sais pas si je réussirais à me la sortir de la tête.

Le diner se termine dans une ambiance pleine d'affection et j'embrasse tout le monde avant de prendre la route. Il est plus de 22 h 30 quand j'arrive chez moi et je suis mort de fatigue.

Cette journée a vraiment été pleine de rebondissements.

Très sincèrement, j'hésite à travailler ce soir, mais aucune autre option n'est envisageable. Le premier numéro de ma collection paraît demain et je me dois de préparer les prochains numéros en avance si je ne veux pas être débordé. Mais, au lieu de plonger mon nez dans la paperasse, je pense à Krys et me mets à dessiner toutes les tenues que j'aimerais la voir porter. Je me force à aller me coucher après une douche rapide et malgré les idées qui fusent dans ma tête. Il est 1 h 30 et demain je ne serai pas moins occupé qu'aujourd'hui.

J'aurai bien envoyé un message à Krys, mais je pense qu'elle doit déjà dormir à cette heure-là.

Et puis, ce serait inapproprié n'est-ce pas ?

11- Robyn

Le réveil n'est vraiment pas facile. Je vous parle de ces matins où c'est un réel crève-cœur de quitter son lit chaud et moelleux pour affronter le reste du monde. Néanmoins, ce n'est pas comme si j'avais le choix. J'ai décidé d'organiser le shooting en centre-ville donc mon temps de trajet de dix minutes passe automatiquement à quarante minutes.

Habituellement, les shootings ont lieu dans les studios photographiques de Laynn Agency, l'éclairage y est très bon et les deux étages sont chacun suffisamment grands pour accueillir les huit personnalités que j'ai choisies pour illustrer le thème « la mode, premier accessoire de la businesswoman ». Mais pour la couverture du numéro deux, je veux quelque chose de plus grand, de plus symbolique, de plus impactant même.

Je mets une chemise blanche, me vêtis de mon costume trois-pièces Regular Fit en laine vierge à motif bleu foncé et chausse mes Derby en cuir à bout rapporté surpiqué noir. J'aime beaucoup cet ensemble *HUGO BOSS*, il est simple mais efficace.

Il est 7 h 05 quand je quitte mon loft, je n'ai pas eu le temps de petit-déjeuner.

Je prendrai un truc en arrivant.

Mais je me ravise. Je ne suis pas sûre qu'il y ait d'endroits où je puisse prendre un petit-déjeuner dans les alentours du lieu du shooting. Je m'achète rapidement quelque chose à grignoter pour le trajet et retourne à ma voiture. J'entre l'adresse de la Banque d'Angleterre sur mon GPS et me mets en route.

Quand j'arrive sur place, Jayce est déjà là, les maquilleuses, les habilleuses, les coiffeuses et les huit modèles aussi, mais personne n'a vu Garry et son équipe.

Il n'a pas intérêt à être à la bourre, je n'ai pas que ça à faire.

Garry est un photographe extrêmement doué. Nous travaillons ensemble depuis maintenant quatre ans et je n'ai jamais rien eu à lui reprocher sur quoi que ce soit, pas même une seule fois. Il fait partie des employés dont j'augmente le salaire tous les ans. Cependant, il a vraiment choisi la mauvaise journée pour être en retard. Je ne suis pas tellement du genre à angoisser. Toutefois, le lancement d'une collection me fait toujours le même effet de panique, probablement par peur de décevoir toutes celles et ceux qui portent mes créations.

Et, aujourd'hui est un jour d'autant plus spécial puisqu'il marque le lancement de ma première collection exclusivement féminine ainsi que ma volonté de bouleverser la manière dont les choses fonctionnent dans le milieu de la mode.

Les minutes défilent, mais Garry ne pointe toujours pas le bout de son nez.

Je vais aller faire un tour, sinon je vais devenir vraiment désagréable.

Je sors de la banque et tombe justement sur lui qui gare son camion.

Il va m'entendre.

Il en sort avec les deux autres gars habituels, Sam et Derek et il arbore un gigantesque sourire.

Mais, il se fout de ma gueule ? Il est tout content en plus.

— Bonjour Garry, j'ose espérer que tu as une bonne explication à ton retard parce que c'est inadmissible. Il est 8 h 26, bon sang ! La moindre des choses c'était de me prévenir !

J'ai parlé un peu plus virulemment que je ne le désirais, mais tant pis, ce qui est fait est fait. Pourtant,

Garry continue de me montrer toutes ses dents. Sam et Derek semblent tout autant amusés par la situation.

Je ne comprends rien.

— Du calme Robyn. Je sais qu'aujourd'hui tu lances le premier magazine de ta collection. Et malgré tes grands airs, je sais que tu es très anxieux. Alors, oui, je suis en retard c'est vrai, mais…

Je lui coupe la parole :

— Tu n'es *jamais* en retard Garry ! Pourquoi aujourd'hui ?

Jayce s'apprête à sortir de la banque pour voir ce qui se passe, mais mon regard suffit à le dissuader de faire un pas de plus.

Ce n'est vraiment pas le moment de jouer les commères.

— Si tu me laissais parler, peut-être que tu le saurais p'tit malin.

Je me radoucis un peu et l'écoute effectivement parler :

— Je ne t'ai pas prévenu pour une bonne raison.

Je le regarde perplexe et l'invite du regard à poursuivre :

— Derek, tu peux aller me chercher la caisse s'te plaît ?

Mais de quoi il parle bordel ?

Il sort du camion une large caisse roulante en métal et la ramène devant moi. Puis Garry s'exprime enfin :

— Devine qui est parti trop rapidement du bureau hier soir sans penser à prendre tous les accessoires pour le shooting ?

Il ouvre la caisse et je reconnais les accessoires que j'ai sélectionnés pour mener à bien la séance photo : des tablettes, des sacs de toutes marques et de toutes formes (*Michael Kors, Prada, Gucci...*), des portables, des mallettes, etc.

Merde, c'est vrai.

J'étais tellement ailleurs hier que je n'y ai pas du tout pensé. Heureusement qu'il est passé au bureau ce matin, car je pense que dans le cas contraire, la journée aurait pris une tout autre tournure.

— Merci Garry. Nous avons perdu assez de temps comme ça. Mettons-nous au travail.

Il me fait son sourire d'enfoiré habituel. Il sait pertinemment que je ne m'excuserai pas. Je crois qu'il est le seul de tous mes employés à n'en avoir jamais rien à faire de mes états d'âme.

Peut-être parce qu'il t'a vu grandir et qu'avant d'être ton photographe, il a longtemps travaillé pour ta mère.

Je balaye rapidement cette pensée et les suis dans la banque.

L'intérieur est vraiment splendide, très lumineux, très spacieux et abondamment chargé d'histoire. C'est l'une des raisons pour lesquelles j'ai fait des pieds et des mains pour obtenir l'autorisation de shooter dans cette institution emblématique de mon pays.

La Banque d'Angleterre a été fondée en 1694 pour prêter 1,2 million de livres sterling au gouvernement de Guillaume III. Le Royaume-Uni était en guerre contre la France à ce moment-là donc il était nécessaire de trouver des fonds.

Son rôle a beaucoup évolué au fil des décennies et des siècles. Désormais, elle a pour but d'assurer la stabilité globale du système financier britannique.

J'adore l'architecture et le passé de cette banque.

Selon moi, il n'y a pas de meilleur endroit pour réaliser le shooting du numéro deux de ma collection. De prime abord, le choix du lieu peut sembler étrange, voire même complètement fou. Pourtant, je trouve que représenter des femmes d'affaires dans ce palais central de l'économie anglaise est lourd de sens. Je veux montrer qu'au même titre que les hommes, les femmes sont capables d'asseoir leur pouvoir et ce jusque dans une banque.

Quoi de mieux pour illustrer l'importance de la mode dans l'essor de la carrière d'une femme, que de mettre en scène des businesswomans remarquablement bien vêtues dans celle que l'on surnomme la vielle dame de Threadneedle Street.

Une fois prêts et après plusieurs directives de ma part, Garry et Derek positionnent de façon cohérente les huit personnalités féminines que j'ai choisies pour faire la couverture de mon magazine, puis ils commencent à faire opérer la magie.

Je suis extrêmement ravi et fier que ces femmes viennent de tous les coins du monde : Ava est canadienne, Rafaela est brésilienne, Julia est suédoise, Malika est saoudienne, Cyrine est tunisienne, Annika est sud-africaine, Chih-Nii est chinoise et Ivy est australienne. Natacha m'a soufflé l'idée de ce shooting et je trouve merveilleux qu'autant de nationalités soient représentées sur un seul et même cliché. Elles ont toutes des beautés extrêmement différentes du fait de leur origine, de leur teint, de la forme et des traits de leur visage, de leur vécu aussi.

Sam me montre le rendu des clichés sur son ordinateur et comme toujours, je suis impressionné.

Garry a vraiment un talent inné pour la photographie.

Je ne devrais pas être étonné, car il est photographe professionnel depuis de longues années. Mais son niveau n'a rien de comparable à celui des autres de la profession. Garry peut vous embellir une pomme posée sur un bureau poussiéreux. Alors je vous laisse imaginer de quoi il est capable lorsqu'il s'agit de sublimer la beauté d'un corps.

Les habilleuses font les changements de tenues qui s'imposent puis les coiffeuses arrangent les cheveux qui dépassent des coiffures tandis que Jayce et les maquilleuses font simultanément les dernières retouches pour la seconde partie du shooting. Je remarque qu'il n'a absolument rien respecté aux propositions de maquillage que je lui ai soumis. Et il a eu raison, car le résultat est très réussi, discret, mais très joli avec un rouge à lèvres différent pour chaque bouche.

Il s'y connait mieux que moi après tout !

Il est 10 h 25 lorsque nous nous apprêtons à reprendre et je tiens à informer tout le monde de l'étendue de mes attentes :

— Je veux que la couverture du numéro deux de ma collection soit une image dont tout le monde se souvienne. Il faut jouer avec les couleurs. Mesdames, vous êtes toutes ravissantes et j'ai besoin que les gens le remarquent. Garry rapporte-moi les deux chaises noires que tu as dans ton camion s'il te plaît. J'ai une idée. Il s'empresse vers la sortie de la banque et reviens à peine une minute plus tard avec les chaises en question.

Sacré Garry, petit mais costaud.

J'installe les chaises sur le devant de la toile de fond et précise ma vision des choses :

— Merci beaucoup, Garry. Ava, Malika, prenez vos accessoires et venez vous asseoir s'il vous plaît. Chih-Nii, Rafaela et Ivy, venez vous mettre derrière elles. Annika vous êtes la plus grande donc mettez-vous là. Cyrine et Julia, j'en veux une de chaque côté. Jayce, je te laisse lancer les billets à chaque fois que je te donnerais le feu vert.

— *Oh là là* Robyn, tu me connais si bien ! Apportez-moi les billets les chériiiiiies !

Il laisse trainer sa phrase dans l'air et claque dans ses mains comme s'il demandait à ses maquilleuses de s'activer.

Il est formidable.

Et dans un mouvement de ballerine, il jette les billets en direction des mannequins.

— Merci Jayce pour cette prestation des plus spectaculaires.

— Mais je t'en prie mon Robyn.

Je lui ai déjà dit de ne pas m'appeler comme ça putain.

Je lui lance un regard noir et il se marre comme un con, mais je préfère l'ignorer :

— Mesdames, c'est à vous de jouer. Malika, Ava, vous n'êtes pas obligées de rester assises. Mais je veux vous voir féroces. Vous êtes dans la Banque d'Angleterre alors je veux que dans vos regards et dans vos postures, les gens constatent à quel point vous avez réussi. Imposez-vous face à l'objectif, soyez vous-mêmes, resplendissantes, raffinées et soyez le visage de toutes les working girls de ce monde. Entendu ?

Nous rions tous ensemble, puis Garry et les huit remarquables femmes se mettent à jouer avec l'objectif. Malika est la seule à être mannequin, mais lorsque je les regarde toutes, j'ai l'impression qu'elles ont fait ça toute leur vie. Le mannequinat est vraiment un métier que je respecte, j'ai déjà été photographié, mais jamais sérieusement. De plus, je trouve qu'il est difficile de retransmettre une émotion à travers une image figée. Pourtant, elles sont toutes vraiment professionnelles, leur rigueur et leur implication sont un cadeau. Je suis même surpris des libertés que certaines s'octroient tant ce que je vois est en adéquation avec ce que je veux pour le numéro deux.

Moi qui appréhendais cette matinée, je crois qu'une séance photo s'est rarement déroulée avec autant de facilité.

Je jette un œil au mail que Krys m'a envoyé avant de prendre la route et je dois dire que je suis bluffé par ses talents d'écriture. Je lui envoie une réponse rapide par SMS avant de prendre directement la route. J'ai un tas de paperasse à finir au bureau.

Il est 13 h 02 lorsque j'arrive devant Laynn Agency et quand je consulte mon téléphone, je vois que mademoiselle Ravis n'a pas répondu à mon message.

J'espère qu'elle l'a lu.

Je n'ai presque pas pensé à elle ce matin et c'est comme si voir mon bâtiment me ramenait à la réalité.

Je suis foutu.

Je veux la baiser et cette envie est encore plus intense que la veille alors que je ne l'ai pas encore vu aujourd'hui. Son souvenir suffit à me mettre dans tous mes états.

Putain, mais t'as quel âge mec, reprends-toi, ça va pas du tout là !

J'entre dans le bâtiment, salue Anny et Light et me dirige vers le troisième étage.

C'est quoi ce foutu bordel, pourquoi y a-t-il autant de vacarme ?

Quand je longe le couloir qui mène à la grande pièce du troisième, j'aperçois Krys. Elle est de dos et une tache de sang assez prépondérante recouvre une bonne partie de ses fesses.

Son pantalon en flanelle gris de lin est bon à mettre à la poubelle.

Elle est carrément pétrifiée par les rires et les moqueries, quand soudain j'entends la pire des atrocités :

— Eh les gars, j'en ai une bonne pour vous. Que dit un homme à une femme pour la séduire quand elle a le fendard ensanglanté ? … Vous êtes tout bonnement règlesplendissante.

Ils rigolent tous à cette blague ridicule et humiliante, mais Krys ne réagit pas.

Je dois faire quelque chose. Mais je dois absolument paraître détaché !

— Qu'est-ce qui vous arrive, vous n'avez jamais vu une petite tache de sang ?

Elle se tourne vers moi l'air perdu. Ses yeux sont remplis de gratitude et j'ai envie d'en faire plus pour elle. Je lui tends ma veste et l'invite à me suivre :

— Venez avec moi, vous allez vous changer.

Je la laisse passer devant moi dans l'ascenseur et appuie sur le vingt-sixième étage. Je sens que Krys se remet tout doucement de ses émotions. J'irai parler à Brad pour l'avertir que s'il se comporte de nouveau comme ça, c'est la porte. Qu'il soit le petit frère de ma belle-sœur n'a aucune importance quand il dépasse la limite à ne pas franchir : *elle*. Je l'ai embauché il y a quelque temps à la demande de ma belle-sœur, elle m'a garanti qu'il travaillait bien ce qui est vrai, mais elle a oublié de mentionner quel petit con il est. C'est la seconde fois qu'il se moque d'une collègue. La première fois, je l'ai réprimandé devant les autres employés, mais j'ai ri avec lui de ses imbécilités par la suite. Néanmoins, cette fois-ci est différente. Il s'en est pris à la seule femme que je ne peux m'empêcher d'admirer, de désirer et de protéger.

12- Krys

Je suis monsieur Laynn dans le couloir qui mène à son bureau au dernier étage. Il ouvre la porte et me laisse entrer. Je reste à côté du canapé et attends qu'il me donne ses instructions. Je suis tellement embarrassée que j'aimerais être une petite souris pour pouvoir me cacher dans un minuscule trou et ne plus en sortir. Tout à coup, il prend la parole :

— Ne soyez pas si gênée, ce n'est rien. Vous n'êtes pas la première femme à qui ça arrive et vous n'êtes probablement pas la dernière. Je vous assure que vous êtes toujours aussi ravissante. Asseyez-vous où vous voulez. Vous pouvez garder ma veste si vous le souhaitez.

Je ne m'attendais pas du tout à ce qu'il se montre si gentil, son visage est rempli de douceur, il n'a l'air de porter aucun jugement sur la situation. Alors je décide de m'asseoir sur l'une des chaises devant son bureau avant de me détendre un peu :

— Je vous remercie infiniment pour votre compréhension… et votre gentillesse aussi.

— Ne le soyez pas voyons, j'ai deux sœurs donc je sais ce que c'est. Personne n'aurait dû faire de blague à ce sujet, sur aucune femme et encore moins s'agissant de vous. Je vous assure que Brad ne reproduira plus jamais ce genre de comportement où que ce soit !

Je n'en crois pas mes oreilles. J'avais remarqué que monsieur Laynn n'avait pas apprécié les moqueries à mon égard. Mais jamais je n'aurais jamais pensé que c'était à ce point-là. Et désormais, il a l'air vraiment très contrarié.

Pourquoi est-ce que ça me fait autant plaisir ?

Je m'apprêtais à dire quelque chose lorsque son téléphone se met à sonner bruyamment, je reconnais le visage de la plus âgée de ses sœurs.

— Excusez-moi une minute.

— Allo Rob, t'es où ?

— Salut Léonie, comment ça où je suis ? Au travail voyons, où veux-tu que je sois ?

— Je sais gros nigaud, mais je ne te trouve pas. J'ai regardé à tous les étages. Je suis à l'accueil, viens me chercher.

— Je reviens dans une minute, ne bougez pas.

Je ne comprends rien à ce qui est en train de se passer, et pendant quelques secondes, j'avais presque oublié que j'étais assise sur la veste de monsieur Laynn, une tache de sang énorme sur les fesses. Je suis réglée comme une horloge et ça faisait des années que je n'avais pas oublié que mes règles étaient sur le point d'arriver.

Il va vraiment falloir que tu remettes de l'ordre dans ta tête cocotte !

Quelques minutes plus tard, Robyn est de retour, mais il n'est pas seul, sa sœur l'accompagne.

Super en tout cas ma première rencontre avec la grande sœur de Robyn...

Elle reste à côté du canapé et s'adresse à moi avec un large sourire :

— Salut Krys, moi c'est Léonie. Bon mon frère m'a raconté ce qui t'es arrivé. C'est fâcheux, donc tu vas venir avec moi.

Elle s'approche vers moi pour me *prendre dans ses bras alors que j'ai le cul rouge... ?*

— Tu n'es pas obligé d'étouffer tout le monde avec ton énergie Léonie.

Robyn a l'air très gêné et la situation me fait beaucoup rire. Je me lève pour rendre à Léonie son étreinte et lui répondre gaiement :

— Salut Léonie, je suis ravie de te connaitre et *j'adore* ton énergie.

Elle me sourit encore plus largement et m'emmène vers la porte du bureau de Robyn avant de le narguer :

— À tout à l'heure Rob, je ne te la pique pas pour longtemps c'est promis.

— Léonie, Kate, Caroline Laynn, tu es insupportable.

Elle se marre et nous nous dirigeons vers la porte pour nous rendre à l'ascenseur. Nous entrons sans un bruit et lorsque les portes se referment, Léonie me surprend :

— Qu'est-ce que tu penses de mon frère ma jolie ?

— C'est un véritable génie. On dirait que son esprit foisonne sans arrêt tant il déborde de créativité. J'ai vu les dessins qu'il a laissés sur son bureau quand il est allé te chercher, je n'ai jamais vu un talent pareil. Ce coup de crayon et puis…

— Je crois qu'on ne s'est pas bien comprise toutes les deux. Je voulais savoir ce que tu penses de mon frère en tant qu'homme pas en tant que ton patron.

Je ne suis pas très à l'aise face à cette question extrêmement intrusive malgré l'ambiance familière que Léonie fait régner.

Est-ce que je devrais être honnête avec elle ? Peut-être qu'elle se doute déjà de la réponse que je vais lui apporter ? Peut-être même qu'elle est en train de me tester ? Après tout, je n'ai rien à perdre, ce n'est pas comme si Robyn et moi n'en avions pas discuté préalablement...

— Ton frère est comment dire ça simplement ? Surprenant et très attirant aussi. Je pourrais bien choisir de te mentir, mais je crois qu'il faudrait être aveugle pour ne pas se rendre compte de la tension qui règne entre nous. Pourtant, hier, au début de la journée, je peux t'assurer que je le détestais...

Je m'arrête pour la regarder, elle me fait signe de la suivre jusqu'à sa voiture et me laisse poursuivre. Je n'arrive pas à cerner ce qui se cache derrière son regard, mais je continue.

— Je trouve ton frère incroyable en réalité, mais je ne le lui dirais jamais, il est bien assez arrogant comme ça pour que j'en rajoute. Je l'admire pour son travail, ses idées et son talent, mais également pour ce que j'ai vu de sa personne jusqu'à présent. Je l'ai mal jugé au départ, je pensais que la femme n'était pour lui qu'un objet de désir sauf que je me suis trompée. En lisant son édito dans le premier magazine de la collection « Femmes influentes », j'ai été impressionnée de voir à quel point il était féministe, mais dans le bon sens du terme. C'est rare qu'un homme veuille autant élever la femme, dans ses actions, dans ses paroles et jusque dans une collection. Je pense que c'est un très bon résumé de tout ce que je pense de ton frère, Léonie. En toute franchise et en toute transparence.

— Je t'aime bien toi et je pense que mon frère t'aime beaucoup aussi parce que c'est bien la première fois qu'il me donne sa carte bleue pour acheter des vêtements à quelqu'un d'autre qu'un membre de la famille. Tiens, prends ça.

Elle me tend un pantalon et des lingettes qu'elle sort de son coffre. Je la remercie et me change sans plus tarder.

Rien à foutre qu'on soit en plein milieu du parking, j'ai trimballé cette tache de sang suffisamment longtemps comme ça.

Léonie se met à rigoler et je m'efforce de justifier mon geste :

— Désolée, mais j'en pouvais plus d'avoir le pantalon qui colle. C'était insupportable.

— Oh mais ne t'en fais pas Krys, j'aurais fait pareil, bon pas forcément devant mes enfants ni mon mari, mais dans tous les autres contextes sans aucun doute.

Nous rions en chœur puis sortons du parking. Je suis beaucoup plus à l'aise avec ce nouveau pantalon. Tout à l'heure je me sentais enfermée dans ma propre féminité. Et c'est un sentiment étrange, car avant l'humiliation que j'ai subie aujourd'hui, avoir mes règles ne m'avait jamais dérangé. C'est comme si j'étais embarrassée d'être une femme, or comme l'a très bien dit Robyn, ce n'est rien du tout. Toutes les femmes finissent par avoir leurs règles un jour ou l'autre, les miennes ne durent que trois jours donc je suis plutôt chanceuse. Et je sais que c'est complètement stupide d'avoir ce ressenti, mais la réflexion de Brad m'a vraiment rendue vulnérable.

Il y avait tant de monde ...

Nous entrons dans plusieurs boutiques à la recherche d'une « tenue chic qui lui en mettra plein la vue » comme dit Léonie. Elle veut absolument me caser avec son frère et je trouve ça vraiment très amusant : « Robyn est un homme brillant et il a besoin d'une femme qui le soutienne, le porte et lui tienne tête et tu m'as tout à fait l'air d'être cette femme ».

Je ne suis pas sûre que ce soit la première chose à laquelle Robyn et moi pensions lorsque nous sommes dans la même pièce, mais après tout pourquoi pas.

Ça me plairait bien d'avoir ce genre d'homme dans ma vie pour une fois.

Nous sommes de retour chez Laynn Agency vers 16 h 30 les mains pleines de sacs de marques en tout genre allant des simples vêtements aux chaussures qui sont assorties en passant par un tas d'accessoires et de bijoux.

Nous entrons dans l'ascenseur, Léonie presse le bouton « 25 » et nous nous élevons. Mais pendant notre ascension, quelque chose m'interpelle :

— On n'a pas les clefs pour monter au vingt-sixième !

— T'inquiète pas, j'ai tout prévu.

Elle me fait un clin d'œil et l'ascenseur fait son chemin jusqu'au vingt-sixième étage.

Lorsque les portes s'ouvrent, je constate que la configuration est quasiment similaire à celle de l'étage du dessus à une exception près. Le couloir ne mène pas à une porte, il bifurque sur la gauche et mène à plusieurs couloirs qui semblent s'étendre tel un labyrinthe.

Léonie me fait signe d'attendre puis revient moins de vingt secondes plus tard avec une clé. Elle est comme une enfant et cache son visage derrière sa main pour rigoler. Je la trouve vraiment amusante. Je crois savoir qu'elle est plus âgée que Robyn de quelques années, mais elle s'est montrée enfantine à plusieurs reprises au cours de notre après-midi shopping. Et alors que nous retournons dans l'ascenseur, ma bouche parle sans que je ne puisse l'arrêter :

— Dis-moi, quel âge as-tu déjà ?

Merde pourquoi j'ai dit ça ?

Elle me détaille du regard avant d'affirmer :

— T'as du cran j'aime bien, ne soit pas si gênée de dire ce que tu penses avec moi. J'apprécie la franchise. Et j'ai trente-deux ans, mais je suis maman de deux merveilleuses princesses donc je suppose que je ne cesserai jamais d'être une enfant. Je n'en ai pas la moindre envie d'ailleurs. La jeunesse c'est dans la tête, il y a des moments pour tout.

Elle hausse les épaules l'air de dire que les choses sont ainsi et nous traversons le couloir qui mène au bureau de Robyn. Elle entre en trombe sans s'annoncer.

Le contraire m'aurait étonné.

— Hello Rob, on est de retour !

Il se lève de son bureau et s'approche vers nous.

— Bon sang Léonie ! Pourquoi avez-vous pris autant de temps ?

Je dépose les sacs sur le canapé au même moment où Léonie s'adresse à Robyn :

— Ça va, ça va, on se détend bonhomme. Krys avait bien le droit de prendre son après-midi après ce qui lui est arrivé tu n'crois pas ?

—Vous êtes très en beauté mademoiselle Ravis et Léonie ça n'a rien à voir avec ça.

— Ne vous en faites pas monsieur Laynn, le lancement de votre collection va très bien se passer. Ne soyez pas si nerveux.

Il me regarde avec stupéfaction avant de s'adresser à sa sœur :

— Léo, tu peux nous laisser s'il te plaît ?

— Oui, bien sûr. Tiens Krys, je pose tout ça là, d'accord.

Je me retourne pour voir l'endroit qu'elle désigne. Je ne m'étais pas rendu compte, mais j'ai marché jusqu'à Robyn en entrant dans la pièce. Et quand Léonie referme la porte derrière elle, Robyn et moi sommes de nouveau *seuls* tandis que nos deux corps rêvent de se découvrir.

13- Krys

— Le lilas vous va merveilleusement bien.

— Ne vous sentez pas obligé de me flatter parce que vous avez vu mon sang.

— Non ! Ne croyez pas ça.

Il semble confus, voire même légèrement embarrassé. Je n'arrive pas à m'empêcher de rire de la situation :

— C'était une blague, monsieur Laynn, je vous remercie de votre compliment, enfin plutôt de vos compliments, car je crois vous avoir entendu dire que j'étais très en beauté.

— Tout à fait.

— Je suis désolée d'avoir mis autant de temps avec Léonie et désolée aussi qu'elle ait utilisé votre carte. J'ai voulu l'en empêcher parce que je n'avais pas réalisé qu'elle m'emmenait faire du shopping avec votre patrimoine, vous voyez.

Il explose de rire :

— Mon patrimoine, carrément. Ne vous en faites pas ce n'est rien et de toute façon, même si vous aviez payé, j'aurais trouvé un moyen de vous rembourser chaque livre dépensée.

— Très bien, alors je vous remercie, mais sachez qu'à l'avenir, je suis tout à fait capable de m'acheter des vêtements moi-même.

J'ai à peine fini ma phrase que je réalise qu'elle illustre très maladroitement ce que je voulais dire et alors que je m'apprête à parler pour rectifier le tir Robyn m'interrompt :

— Ne vous en faites pas, j'ai compris où vous vouliez en venir, vous n'avez pas besoin que l'on vous offre des cadeaux pour être une femme comblée et vous êtes tout à fait capable de pourvoir seule à vos propres besoins.

— C'est très exactement ça, je n'aurais pas dit mieux, merci beaucoup.

Il me regarde tout sourire et je le trouve vraiment adorable, j'aime quand il se met à réfléchir sur les choses que je lui dis. Il a toujours un avis à donner et alors que ça m'aurait agacé en temps normal, avec lui ça ne me pose aucun problème.

— Vous pouvez prendre le reste de votre journée, j'ai assuré la présentation à votre place. D'ailleurs, je tiens à vous féliciter en personne pour la rédaction de votre premier édito. Il est mémorable, je n'aurais pas su mieux illustrer ce que vous avez réussi à mettre en exergue dans cette introduction. Alors je vous remercie, il est très important pour moi que mes collaborateurs travaillent avec sérieux et vous me montrez dans votre analyse, mais également dans votre rédaction que c'est bel et bien le cas.

Il marque un temps de pause pour me regarder dans les yeux comme s'il cherchait à capter toute mon attention :

— Je vous réitère mes excuses quant au comportement inadmissible qu'a eu Brad à votre égard. Il sera sanctionné en conséquence.

— Je ne sais pas quoi vous dire si ce n'est merci. Mais je pense que vous avez eu votre quota de remerciements pour la journée alors je vais m'en aller.

Je m'apprête à me diriger vers la porte quand il m'attrape par le bras pour le laisser tomber dans la foulée.

— Excusez-moi, j'aimerais vous inviter à dîner ce soir si vous le voulez bien, et si vous n'avez rien de prévu.

— Êtes-vous sûr que c'est une bonne idée ?

— C'est un simple dîner, il n'engage à rien et puis ce n'est pas comme si vous me laissiez vous baiser alors que vous avez vos règles de toute façon.

Toujours ce mot qui provoque un tas de picotements au sein de toutes les terminaisons nerveuses de mon corps.

Robyn Laynn est vraiment quelqu'un de dangereux, il faut que je garde ça bien ancré dans un coin de ma tête.

— Vous n'avez que ce mot à la bouche ! Je ne pourrais pas dîner avec vous ce soir. J'ai à faire.

— Qu'avez-vous à faire ?

— Vous êtes bien curieux.

— Toujours lorsqu'il s'agit de vous. Mais vous ne m'avez pas répondu, qu'avez-vous à faire ce soir qui puisse vous empêcher de dîner avec moi ?

— Mon cours de danse finit assez tard et je sais que vous, les Anglais, vous dînez plutôt tôt.

J'espère qu'il réagira à mon pique.

— Comment ça « vous les Anglais » ? Et s'il vous plait, cessez de faire un mystère de l'horaire auquel vous finissez. Je veux dîner avec vous et si vous n'avez rien d'autre à faire après ce cours de danse, vous dînerez avec moi. Si vous le voulez, bien entendu.

Bingo !

Il s'enflamme, son ton est sévère, mais il n'a rien de méchant.

Il est à tomber…

Je ne sais vraiment pas combien de temps je vais encore pouvoir lui résister.

— Je finis mon cours à 20 h 30. Donc le temps que je rentre chez moi et que je me prépare, je pourrais être prête vers 21 h 10. Vous passez me chercher ! Je n'ai aucun doute sur le fait que vous savez précisément où se trouve mon domicile.

Et je m'en vais sans lui laisser le temps de répondre en n'oubliant pas de récupérer tous mes sacs. Je traverse le couloir non sans difficulté tant je suis chargée. Un sac tombe avant que n'arrive à l'ascenseur et j'entends le bruit de la porte de Robyn.

— Laissez-moi vous aider.

Comment est-il arrivé aussi vite jusqu'à moi ?

J'accepte son aide et l'ascenseur entame sa descente jusqu'au parking alors que Robyn et moi ne nous adressons pas un mot. Seul paraît dans la cabine le bruit des mécaniques.

Nous arrivons au parking et Robyn s'arrête un instant pour me détailler avec insistance :

— Vous m'avez dit que vous aviez cours de danse. Je viens tout juste de réaliser, je vous prie de m'excuser. J'aime les femmes qui savent danser.

— Et qu'est-ce qui vous fait croire que je sais danser ?

— Vos courbes et la façon dont votre bassin se déhanche lorsque vous mettez un pied devant l'autre.

Seigneur, cet homme veut ma peau.

Je manque presque de faire tomber tout ce que je m'efforce tant bien que mal de garder dans les mains. Heureusement, Robyn récupère tout de justesse.

— Merci pour votre aide, vous pouvez tout déposer par terre, je m'occupe du reste.

— Ne soyez pas bête, laissez-moi mettre tout ça dans votre coffre.

En même temps qu'il dit sa phrase, il s'approche très près de moi à tel point que je peux sentir son souffle sur mon visage. Et l'espace de quelques secondes, tout s'arrête, je crois même que j'ai cessé de respirer. Je suis tellement subjugué par son regard que ma bouche s'approche pernicieusement de la sienne. Mais je me ravise avant qu'il ne soit trop tard. Les mots sont une chose, les actes en sont une autre et je sais bien que du moment où j'aurais franchi cette ligne, j'en voudrais toujours plus.

Voilà l'effet qu'a sur moi Robyn Laynn.

J'arrive à mon cours à 19 h 01, j'ai à peine le temps de dire bonjour aux copines que Linda met une musique pour l'échauffement. Dès les premières notes, je reconnais *Running* de LADIPOE.

J'adore cette musique.

Nous nous étirons, puis Linda nous montre la nouvelle chorégraphie. Nous nous mettons dans le fond de la pièce et l'observons qui danse sans aucun bruit si ce n'est le son de sa bouche : « ah, ah », « tchak, tchak », « eh,eh ». Ça me fait beaucoup rire d'ailleurs.

Elle est l'une des chorégraphes sur talons les plus reconnues à Londres. Elle a étudié auprès des plus grands à New York et s'est installée à Londres il y a quatre ans de cela. Elle ne m'a pas raconté en détail, mais elle a eu « l'opportunité incroyable » (selon ses dires) de s'installer auprès de l'homme qu'elle aime. Ils se sont rencontrés à New York en boîte de nuit et ça fait neuf ans qu'ils sont ensemble. Sauf qu'à un moment donné, Hans est venu en Angleterre pour le travail.

Quand les basses de la musique de Cassie atteignent mes oreilles, je suis ravie :

« You've been waiting so long.
I'm here to answer your call.
I know that I shouldn't have had you waiting at all.
I've been so busy, but I've been thinking 'bout

What I wanna do with you ... ».

Cette musique est très sensuelle et parfaite pour la chorégraphie que Linda vient de nous montrer.

Je commence à enchainer les pas en rythme avec la musique, Linda est très impliquée comme toujours :

— 5, 6, 7, 8. Tourne… tourne… Marche, marche, sexy les filles ! Hanche, hanche… Ouais voilà comme ça, soyez féminines et affirmées. […] Me and U, bassin, bassin… […] Épaule, épaule, descends, descends, plus bas, caresse la jambe (*« tell me if you like it »*) […] voilà la tête, à gauche, à droite et tourne, la main, le long du buste. C'est ça les filles ! […] Descends au sol, glisse, glisse, la tête, j'veux voir vos cheveux caresser le sol les filles, que vous avanciez sur le plancher telles des prédatrices, on redresse le corps, la tête, bassin, bassin et pause ! Bravo les filles, vous avez été parfaites […] ».

J'admire vraiment beaucoup Linda. C'est une danseuse vraiment exceptionnelle. Elle n'est pas juste très douée dans la technique, elle bouge vraiment bien sur n'importe quel type de musique.

Une fois le cours de danse terminé, je prends ma voiture pour rentrer chez moi. Lorsque j'arrive devant ma porte, je prends la mesure de ce qui est en train de se passer. J'ai trente minutes pour me changer et me préparer pour aller dîner avec Robyn.

Seigneur !

De tous les évènements improbables qui auraient pu se produire dans ma vie, je n'aurais jamais imaginé que dîner avec Robyn Laynn serait une option. Le même Robyn Laynn qui n'a de cesse de me faire des avances depuis hier et que j'ai l'impression de connaître depuis une éternité tant les choses paraissent évidentes entre nous. Mais surtout le même Robyn Laynn qui est mon patron et dont je suis la première assistante.

Seigneur !

Je lance ma playlist Spotify « Move like the Old way » pour me donner du courage puis file sous la douche. *Move Ya Body* de Nina Sky et Jabba se lance en premier et je suis heureuse de ma nouvelle vie.

Huit minutes plus tard, je sors de la cabine de douche et me sèche pour entamer ma préparation. Je sais déjà quelle tenue je compte porter, il fait plutôt bon dehors même si la température s'est un peu rafraîchie. Je mets du lait pour le corps, humidifie un peu mes cheveux et applique ma crème à la noix de coco. J'enfile ma robe Red Carpet à épaule asymétrique Elisabetta Franchi couleur ivoire. C'est la seule et unique robe de luxe que j'ai pu me permettre d'acheter et j'en suis plus que fière, tout comme je suis fière de mes escarpins So Kate 120 en cuir noir de chez Christian Louboutin.

J'espère que Robyn appréciera l'effort.

Je jette un coup d'œil à ma montre, il est 21 h 06. Je prends une veste et cherche le numéro de Robyn sur mon portable. Je prends quelques secondes avant de cliquer sur son nom dans mes contacts tellement je suis stressée.

C'est juste un dîner cocotte, détends-toi.

Lorsque je m'apprête à composer son numéro, la sonnerie de mon appartement retentit.

Oh mon Dieu, il est déjà là !

14- Robyn

Depuis que Krys a quitté mon bureau, je ne peux m'empêcher de visualiser très clairement la façon dont j'aimerais la posséder, la faire jouir avec ma langue, mes doigts, mon sexe et tous les sextoys et accessoires qu'elle voudra bien me laisser essayer sur elle. Son corps est d'une beauté comme on n'en a rarement vu et son esprit ; je n'ai pas le souvenir d'avoir un jour croisé dans ma vie une seule femme qui ait été aussi brillante qu'elle. Elle fait les choses avec tellement d'aisance que c'en est presque déconcertant.

Lorsque je l'ai invité à dîner, je ne savais pas si elle accepterait, bien qu'une très grande partie de moi espérait que ce serait le cas. J'ai cette idée en tête depuis ce matin et je me suis juré que si elle refusait, alors nos relations seraient strictement professionnelles, sauf qu'elle a dit oui.

Bordel, elle a dit oui et maintenant il va falloir que je me canalise toute la soirée, car elle refuse que je la saute alors qu'elle a ses ourses !

Lorsque Krys et Léonie sont rentrées de leur après-midi shopping improvisée par cette dernière, il m'a semblé qu'elles s'entendaient très bien. Et sans savoir pourquoi, les voir aussi complices m'a fait quelque chose. À vrai dire, j'étais même content, et cela m'a fait prendre conscience qu'il était important pour moi que Léonie apprécie Krys. C'est la première fois que je ressens une chose pareille pour l'une de mes premières assistantes ou pour une femme tout court d'ailleurs.

Je suis dans une merde sans nom ! Ah si, celui de Krys...

J'ai toujours érigé en principe le fait de ne pas coucher avec mes employées afin d'éviter tout problème qui serait hors de contrôle. Je n'ai jamais voulu prendre le risque de franchir cette limite. *« No zob un job »* comme on dit et avant mademoiselle Ravis, c'était vraiment un principe gravé dans le marbre. J'ignore pourquoi j'ai autant besoin de la sentir, de voir des gouttes de sueur perler sur son front, de la prendre avec férocité, de l'entendre jouir et hurler mon prénom.

Je suis vraiment un grand malade.

Je rentre chez moi peu de temps après le départ de Krys. Je n'ai pas envie d'être au bureau lorsque les premiers articles sur ma mini-collection *« La mode, un mode d'expression du pouvoir féminin »* paraitront. Ce soir, j'ai volontairement décidé d'ignorer les chaines de télévision et ce qui se passe sur la toile.

Je verrai demain ce que les gens ont pensé du numéro un de ma collection, rien ne presse sauf mon envie de voir Krys, bien entendu.

Je me plonge dans un bouquin jusqu'à ce que vienne l'heure de me préparer.

Après une douche bien chaude, je me parfume, mets une chemise ivoire et m'habille de mon costume noir à deux boutons *Dior*. J'enfile mes Richelieu Dior Timeless en cuir de veau poli noir et prends uniquement mon portefeuille, mon téléphone et mes clés.

Il est 20 h 55 quand je monte dans ma voiture. Je sélectionne l'adresse de Krys que j'ai enregistré en sortant du bureau et me mets en route vers chez elle. Elle n'habite pas très loin donc je suis devant sa porte en un rien de temps. Et bizarrement, alors que je me sentais plutôt à l'aise à l'idée de dîner avec elle depuis le début de la journée, j'ai une seule appréhension.

Et si ce n'était pas une bonne une idée…

Je presse la sonnette et patiente à peine dix secondes avant qu'elle n'ouvre la porte. Lorsque je l'aperçois dans sa robe ivoire, je suis stupéfait.

Cette femme est un mirage ma parole, il n'en est pas possible autrement !

Sa robe ne couvre que l'un de ses bras et épouse merveilleusement ses formes pour se fendre au-dessus du genou gauche. Krys Ravis a des jambes magnifiques, elles le sont d'autant plus avec ces escarpins qui doivent lui rajouter une dizaine de centimètres. Je relève la tête pour la regarder dans les yeux et elle me sourit. Elle est vraiment belle.

Il va falloir que tu te ressaisisses parce que vous n'allez pas vous dévisager comme ça toute la soirée.

— Bonsoir mademoiselle Ravis, vous êtes tout simplement resplendissante.

— Je vous remercie. Vous êtes aussi très en beauté. Le noir vous va très bien et votre chemise est assortie à ma robe.

Quelle coïncidence...

— C'est vrai, effectivement. Vous êtes prête ?

Elle regarde autour d'elle puis ferme sa porte d'entrée avant de faire machine arrière :

— J'ai oublié mon sac à main, attendez une seconde.

— Vous n'en aurez pas besoin. Venez par là.

Elle me regarde dubitative, réfléchit un instant et finit par fermer la porte. Je lui tends la main pour l'accompagner jusqu'à la portière du côté passager. Et lorsque sa main se pose dans la mienne, c'est comme si je venais de me prendre une décharge électrique. Je suis comme un adolescent devant cette femme, enfin seulement dans ma tête parce qu'en sa présence, je fais en sorte de ne pas avoir l'air trop ébranlé par tout ce qu'elle dégage.

J'ouvre sa portière pour lui permettre de s'installer, puis fais le tour de la voiture afin de rejoindre mon siège. Krys attache sa ceinture puis s'exclame :

— Vous êtes un vrai gentleman. Je l'avais déjà remarqué et je crois bien que c'est quelque chose de naturel chez vous.

Je lui souris, mets la clé dans le contact puis formule ma réponse :

— Mademoiselle Ravis, vous savez désormais combien les femmes de ma vie ont forgé la personne que je suis aujourd'hui. C'est normal pour moi qu'un homme tienne la porte à une femme ou qu'il la laisse passer devant lui quand il entre dans une pièce.

J'ai dit ça avec un peu trop de passion, car elle me regarde avec un immense sourire. Je l'interroge :

— Qu'est-ce qui vous fait autant rire ?

— Vous Robyn, c'est vous qui me faites rire. Vous m'avez dit ça avec tellement de conviction que je n'ai pas pu m'empêcher de sourire.

— Donc vous vous moquez de moi ?

— C'est très exactement ça monsieur Laynn, je me paie votre tête et c'est très amusant.

Je jette un coup d'œil dans mon rétroviseur droit avant de dépasser le véhicule qui roule à deux à l'heure devant moi, puis lance un coup d'œil à Krys.

— Faites attention mademoiselle Ravis, je n'apprécie pas beaucoup que l'on se paie ma tête.

— Ah bon ? Et que m'arrivera-t-il si je ne prends pas en compte votre mise en garde ?

Elle se mord encore la lèvre inférieure.

Cette femme va finir par me rendre dingue.

— Ne jouez pas avec moi, j'aimerais que nous arrivions à bon port en un seul morceau.

— Alors mettez de la musique, comme ça je cesserai de vous embêter pendant que vous essayez tant bien que mal de vous concentrer sur la route.

Elle me fait un clin d'œil après avoir balancé cette phrase remplie d'insolence, mais je préfère ne pas lui répondre pour l'instant. Je mets la radio et nous poursuivons la route en silence, en s'échangeant quelques regards.

Lorsque nous arrivons devant le restaurant, il est 21 h 50. Je sors de la voiture et vais ouvrir la portière à Krys. Elle sort de la voiture et regarde autour d'elle, ébahie.

— Tout va bien mademoiselle Ravis ?

Elle ne répond pas alors je parle un peu plus fort :

— Krys, vous allez bien ?

— Oui ça va, excusez-moi, nous sommes bien devant le Club Gascon ?

— Oui c'est exact, vous y avez déjà mangé ?

— Non jamais, mais j'en ai entendu que du bien.

— Très bien, alors entrons !

— Mais…

— Venez par là, nous discuterons à l'intérieur.

Je lui propose mon bras, elle l'accepte et quand nous entrons dans le restaurant, elle s'arrête devant l'entrée et observe tout ce qui l'entoure.

J'adore ce côté de sa personnalité, elle peut paraître parfois tellement jeune et enfantine. Elle me fait beaucoup penser à Léonie quand elle est comme ça : elle contemple systématiquement tout comme si le monde était une infinie merveille. Elle est très observatrice.

Peut-être même un peu trop d'ailleurs…

J'écarte cette pensée de ma tête et prends sa main pour nous diriger vers notre table. Je tourne discrètement la tête vers elle. Elle ne me regarde pas mais je constate que des frissons se sont dressés sur son bras.

Elle ressent le même courant électrique elle aussi.

Le serveur qui s'occupe de notre rang nous apporte les menus et je ne peux m'empêcher de mirer Krys. Elle est concentrée sur les mets que propose le restaurant et elle n'arrête pas de sourire au menu. C'est très mignon. Elle est très mignonne et tellement attirante bordel !

Vous êtes au restaurant, canalise-toi Rob.

Et comme si elle avait entendu mes pensées, elle lève les yeux du menu pour s'adresser à moi :

— Si vous continuez de me mater de cette façon et sans aucune discrétion nous allons finir la nuit ici.

— Mais avec grand plaisir mademoiselle Ravis !

Elle écarquille les yeux comme si mes propos la choquaient alors que je lui aie dit des choses bien plus salaces.

— Je ne parlais pas de ça. Vous êtes vraiment un gros pervers.

Elle me toise, puis poursuit sa phrase :

— Je ne coucherai pas avec vous ce soir, vous savez très bien que j'ai mes règles alors cessez de songer à quelque chose qui n'arrivera pas et réfléchissez à ce que vous voulez manger, car je commence à avoir très faim.

— Donc pas ce soir, mais un autre jour sans problème ?

— Comment ça ?

— Vous avez dit « je ne coucherai pas avec vous ce soir ». Donc cela signifie que vous n'êtes pas fermée à ce que je vous domine un autre soir de la semaine, n'est-ce pas ?

— Je ne préfère pas vous répondre si vous le voulez bien, et même si vous ne le voulez pas d'ailleurs.

Je l'ai perturbé, mais j'ai bien vu qu'elle aimait que je lui fasse du rentre-dedans. Je le vois à la façon dont son corps gesticule, c'est quelque chose de très léger, mais de tout de même perceptible.

— Je vous laisse lire le menu en paix.

— De toute manière, je vous ignore tant que je n'ai pas choisi ce que je veux manger.

— Voyez-vous ça.

Elle me lance un regard mi-allumeur, mi-rieur puis se replonge dans la lecture de la carte. Mais cinq minutes plus tard, Krys ne semble toujours pas avoir choisi.

— Messieurs-dames, avez-vous fait votre choix ?

— Je vais vous prendre le Candied foie gras, le Roquefort Toasted Milk Bailey's et le Duck Breast avec le vin de votre choix. Vous êtes très probablement un meilleur sommelier que moi.

Il sourit, puis interroge Krys :

— Et vous madame, que désirez-vous manger ?

— Mettez-moi la même chose avec une carafe d'eau s'il vous plaît. Et vous pouvez tout ramener en même temps.

Elle lui lance un regard chaleureux puis se tourne vers moi alors que le serveur s'éloigne.

— Merci beaucoup de m'avoir aidé à choisir, j'étais incapable de me décider. Il y a tellement de choses qui me faisaient envie.

— Je vous en prie, tout le plaisir était pour moi.

Elle me sourit et lisse sa robe avant de me questionner :

— Quels sont les retours par rapport au numéro un de votre collection ?

— Très sincèrement, je n'en ai aucune idée, je verrai ça demain. Ce soir je n'ai pas envie de penser au travail. Parlez-moi un peu de vous plutôt.

Le serveur revient avec nos verres de vin et la carafe d'eau qu'il dépose sur la table, nous le remercions avant qu'il se retire.

— Que voulez-vous savoir ?

— J'en sais rien, qu'ont pensé vos parents de l'obtention de votre poste de première assistante chez Laynn Agency ?

Ses yeux s'ouvrent en grand et j'ai l'impression d'avoir fait une énorme connerie, mais elle me répond tout de même :

— J'aurais aimé le savoir sauf qu'ils ne sont malencontreusement plus de ce monde. Mais je pense qu'ils seraient fiers de moi s'ils voyaient tout ce que j'ai accompli depuis qu'ils sont partis.

Putain de merde, mais quel con je suis parfois !

Je me sens vraiment stupide et je suis extrêmement mal à l'aise vis-à-vis de la situation :

— Je suis vraiment désolé, je ne savais pas que…

— Eh ça va, ne vous en faites pas, vous ne pouviez pas savoir. Ne soyez pas si dur envers vous.

— Je sais, mais je suis quand même désolé. Ça doit vous rappeler de mauvais souvenirs…

— Non, bien au contraire, vous savez, je suis orpheline depuis plus de dix ans donc je fais en sorte de me rappeler seulement les bons souvenirs. Par exemple, lorsque la période de Noël arrivait, mon papa me portait toujours sur ses épaules pour que je mette une étoile dorée au sommet du sapin. Ma mère était la meilleure cuisinière que ce monde n'ait jamais connue, malheureusement, la maladie a eu raison d'elle lorsque j'avais 10 ans.

Le serveur arrive avec nos plats, nous les présente avant de les déposer devant nous :

— Vous faudra-t-il autre chose ?

— Non ça ira, merci beaucoup.

Krys me regarde avec tendresse alors que le serveur s'éloigne et nous commençons à goûter ce qu'il y a dans nos assiettes.

— Bon appétit monsieur Laynn.

— Vous pouvez m'appeler Robyn. Bon appétit à vous aussi Krys.

Elle me sourit et goûte son plat de canard, elle a l'air d'apprécier et ça me fait plaisir de la voir aussi épanouie.

— C'est vraiment super bon ! Ça ne m'étonne pas que le restaurant ait une étoile au Guide Michelin.

Elle parle un peu avec la bouche pleine, mais elle est adorable, car tout son visage sourit quand elle mange.

— Je suis heureux de voir que vous savourez autant la cuisine française, même en dehors de votre pays natal.

— Ah vous savez Robyn, la France est un joyau pour la gastronomie mondiale !

— Je sais, je sais.

Elle se moque de moi et cela me fait plutôt rire, ce dîner est vraiment agréable. Krys finit de me raconter l'histoire de ses parents et je suis vraiment touché de voir que la femme que j'ai en face de moi s'est construite pratiquement toute seule pendant toutes ces années. Elle a perdu sa mère à 10 ans, car elle était atteinte d'un cancer du poumon. Et trois ans plus tard, son père a perdu la vie dans un accident de voiture. Elle me raconte que son grand-père l'a élevé comme il le pouvait jusqu'à ses 18 ans malgré son travail de chirurgien qui lui prenait beaucoup de temps.

Je suis perdu dans mes pensées quand Krys m'interpelle :

— Est-ce que tout va bien Robyn ? Vous m'avez l'air ailleurs, à quoi pensez-vous ?

— Je pensais à vous. Je trouve que vous avez une force incroyable et ce d'autant plus maintenant que je connais une partie de votre histoire. Vous avez de quoi être fière de vous et je suis sûr, sans l'ombre d'un doute, que vos parents sont fiers de vous là où ils sont.

— Merci Robyn, ce que vous me dites me touche énormément ! Changeons de sujet, ce dîner est bien trop chouette pour que nous finissions tous les deux en larmes, vous n'êtes pas d'accord ?

Nous rions ensemble et parlons de la mode en général, de ce qui nous a passionnés dans ce domaine, de la raison pour laquelle j'ai créé une collection exclusivement féminine. Et à un moment donné, une interrogation plus qu'indiscrète me taraude et je ne peux m'empêcher de la lui poser :

— Je suis désolée, mais je ne peux m'empêcher de me poser une question et il faut que je vous la pose. Vous êtes en droit de ne pas répondre bien évidemment.

Elle est dubitative, mais elle m'invite à parler alors je me lance :

— Comment avez-vous fait pour payer votre école à Paris alors que vous étiez seule ?

Elle s'étouffe presque avec la gorgée de vin qu'elle vient de prendre et je me sens comme un con, une fois de plus. Cette femme me rend curieux, mais j'ai l'impression qu'à chaque fois que je veux creuser un peu, je suis maladroit. Mais elle finit par répondre :

— Après ce que je vais vous dire maintenant, vous n'aurez très probablement plus envie de me fréquenter et peut-être même de travailler avec moi. Mais je prends le risque, je préfère être honnête avec vous avant que les choses n'aillent trop loin entre nous.

Mais de quoi elle parle bordel ?

Je ne suis plus sûr de vouloir savoir de quoi il s'agit si cela signifie qu'elle peut disparaître de ma vie à tout jamais…

15- Krys

Le diner avec Robyn se passait super bien jusqu'à ce qu'il me demande comment j'ai financé mes études. Et sans savoir pourquoi, j'éprouve le besoin de dire la vérité à cet homme. Je n'ai jamais eu honte de cette vérité, elle fait partie de mon vécu, de mon passé, mais elle représente quelque chose de très peu commun et surtout quelque chose que les gens ont l'habitude de juger sans savoir ce qui a mené à un tel revirement.

— Sachez que vous n'êtes obligée en rien. Je ne veux pas que vous me fassiez une confidence que vous pourrez regretter par la suite.

Il ne me rend vraiment pas la tâche facile, mais je me dois d'être courageuse, j'ai commencé à parler alors je dois aller jusqu'au bout. J'inspire et expire profondément tandis que Robyn ne me lâche pas du regard puis me lance :

— Comme je vous l'ai dit tout à l'heure, j'ai perdu mes parents très tôt et lorsque je suis allée chez mon grand-père pour qu'il s'occupe de moi, il me laissait des sous que j'utilisais pour payer la cantine et faire mes lessives, car nous n'avions pas de machine à laver à la maison. Sauf que cet argent s'est avéré insuffisant. Après l'obtention de mon bac, j'avais 18 ans et aucun argent pour étudier dans l'école de mode de Massimo Pialini alors que c'était mon rêve de gamine de l'intégrer. Mon grand-père est tombé malade la même année et je ne voulais pas lui demander un seul centime, car son traitement coutait déjà assez cher. C'est le comble pour un chirurgien d'être atteint d'une maladie incurable. Enfin bref…

Je marque un court instant de pause pour regarder Robyn droit dans les yeux afin de voir s'il me suit bien. Il m'observe avec attention, mais ne dit pas un mot. Nous prenons tous les deux une bouchée de notre repas et je poursuis :

— Les caisses familiales étaient complètement vides et je ne savais pas ce que j'allais faire de ma vie si je ne travaillais pas dans la mode et surtout si je n'intégrais pas cette école. Alors, j'ai cherché divers moyens de me faire de l'argent rapidement. J'ai eu plusieurs idées, mais aucune n'était vraiment concluante, ou en tout cas, rien n'était suffisamment efficace pour me permettre d'étudier rapidement. Donc je me suis renseignée sur internet pour voir quel était le meilleur endroit pour exercer le métier que je m'apprêtais à faire. Et je me suis rendue à Amsterdam, c'est une super belle ville, les gens sont très charmants et la prostitution est très encadrée. D'ailleurs, il est interdit de photographier les vitrines dans le quartier rouge.

Je jette un coup d'œil à Robyn, il a l'air abasourdi, mais je n'arrive pas vraiment à lire ses émotions alors je me tais tout simplement, le temps de le laisser digérer et de comprendre tout ce que je viens de lui dire. Quelques secondes passent avant qu'il n'ouvre la bouche :

— Vous voulez dire que vous vous êtes prostituée ?

Je ne perçois aucun jugement dans sa phrase, il me pose cette question seulement pour s'assurer de bien avoir compris ce que je viens de lui dire.

— C'est exact, j'ai été travailleuse du sexe pendant près de deux ans pour avoir suffisamment d'argent pour payer ma scolarité. Et je suis désolée de vous le dire dans un moment aussi somptueux que celui que nous sommes en train de vivre. Mais depuis hier, je sens bien que vous voyez que je cache quelque chose et même si je n'ai pas l'intention de le crier sur les toits du monde entier, si je dois entamer une relation avec vous, il faut que vous soyez au courant.

— Je…

— Je vous dégoute, c'est ça ?

Il a désormais l'air horrifié, je ne comprends plus rien.

— Non bien sûr que non, loin de là. En fait, je suis triste pour la jeune femme que vous étiez. Je me doute que vous ne vous êtes pas levé un matin en vous disant que vous vouliez devenir travailleuse du sexe. Alors je suis désolé qu'à ce moment-là, vous n'ayez pas eu d'autre choix.

Je m'attendais à tout sauf à ça. Comment fait-il pour dire et surtout pour penser en permanence exactement tout ce que je m'interdis d'imaginer ?

Qui est cet homme ?

Il n'en a apparemment pas fini puisqu'il rajoute :

— Vous savez Krys, il faut une grande force mentale et une très grande bravoure pour oser avouer une chose pareille. Ne croyez pas que je vous juge, loin de là. Mais vous avez commencé par me dire qu'il était possible que nos relations en pâtissent, et malgré cela, vous teniez quand même à vous montrer honnête. Je vous respecte d'autant plus pour cela et permettez-moi de vous dire que la femme que j'ai devant moi n'a absolument rien d'une pute.

Je suis estomaquée, je ne sais pas trop quoi lui répondre. Ce discours est tellement inattendu que je ne trouve pas les mots. J'ai arrêté de manger depuis près d'une minute sans m'en rendre compte et j'ai la bouche toute sèche. Je bois une gorgée d'eau, puis une seconde avant d'ouvrir ma bouche pour dire la seule chose que j'ai réussi à formuler :

— Donc vous n'êtes pas de ceux qui pensent « pute un jour, pute toujours » ?

— Bien sûr que non ! D'ailleurs ce proverbe est complètement stupide. Je pense que dans n'importe quelle situation, ce sont nos actions qui nous définissent et pas notre passé. Si tout ce que nous avons fait auparavant devait servir à nous définir, je pense que peu d'entre nous résisteraient au choc, moi le premier. Notre vie sur Terre est faite d'évolutions, nous sommes en constant apprentissage et puisque vous n'êtes plus une prostituée, je ne vois pas pourquoi vous seriez toujours caractérisée comme telle.

Seigneur ! Pourquoi toute l'humanité n'est-elle pas aussi censée que Robyn Laynn ?

— Merci. Je ne sais pas quoi vous dire, merci de tout ce que vous venez de dire. J'ai un peu de mal à tout intégrer, car très sincèrement, je ne m'attendais pas à ce que vous ayez une réaction aussi *réfléchie*. En plus, vous êtes vraiment un bel orateur, aussi doué à l'oral qu'à l'écrit.

Il me sourit malicieusement avant de m'aguicher :

— Et encore, pour ce qui est de la voie orale, vous n'avez rien vu !

— Je n'en doute pas une seule seconde, mais votre heure n'a pas encore sonné, ne me faites pas me répéter monsieur Laynn.

Je vois dans ses yeux qu'il aime que je le défie et sa réponse me le confirme :

— Je vois que vous avez le goût du risque mademoiselle Ravis, alors laissez-moi vous dire une chose très honnête à mon tour. Je suis assis en face de vous depuis près d'une heure et je ne saurais vous dire combien de fois votre corps s'est mis à frissonner au son de ma voix. Alors si vous continuez à être aussi impertinente, je vais lui donner ce qu'il demande. Et cessez de me regarder avec ces yeux en faisant ça avec votre lèvre inférieure, ce n'est vraiment pas fairplay.

Je n'avais même pas fait attention, mais je me mords effectivement la lèvre, peut-être même un peu trop, car je ressens une légère douleur.

Ah oui donc là, j'ai plus aucun contrôle sur mon corps, c'est super ! De mieux en mieux.

J'hésite à mettre de l'huile sur le feu, mais je me ravise, car avec toutes mes conneries, je sens que l'excitation commence à monter dans ma petite culotte.

— Vous avez raison Robyn, ce n'est pas sympathique de ma part. Est-ce que vous prendrez un dessert ?

J'ai envie d'un dessert, mais je sais que je ne le finirais pas et je n'aime pas gâcher, déjà que j'ai laissé une partie de mon plat de poitrine de canard.

— Je n'ai plus très faim, mais je ne suis pas contre une touche sucrée, que diriez-vous de partager avec moi un dessert ?

C'est pile c'que j'voulais :

— Oui avec plaisir, vous aimez le chocolat ?

— J'allais vous poser la même question.

Nous rions tous deux à gorge déployée puis Robyn fait signe au serveur pour passer commande. Moins de cinq minutes plus tard, il revient avec une super belle assiette dans les tons marron.

Évidemment c'est du chocolat !

Je suis épatée par la beauté du dessert, il est entouré d'un tas de décorations artistiques comme savent le faire les chefs cuisiniers. Et lorsque nous goûtons, mes papilles gustatives sont en joie, le gâteau dépasse très largement mes espérances : c'est un réel délice. Robyn a du chocolat sur le coin de la bouche. Il est mignon, il mange son gâteau comme un enfant. Je le lui fais remarquer et il se met à rire :

— Je n'ai jamais su manger les gâteaux au chocolat sans m'en mettre partout, je me suis fait à l'idée il y a maintenant des années. On ne peut pas exceller dans tous les domaines.

J'explose de rire parce qu'une fois de plus, sa réponse me surprend et puis il faut dire que la tâche de chocolat présente sur son nez n'y est pas pour rien.

— Votre nez semble se délecter de ce dessert lui aussi.

Il sourit et essuie son nez délicatement avec son torchon. Nous finissons le repas dans la même ambiance conviviale et Robyn se lève pour aller payer l'addition. Il me rejoint en me tendant sa main pour m'aider à me lever et sincèrement, j'apprécie ce geste, car le sol me parait bien loin du haut de mes talons de douze centimètres. Je le remercie pour le diner et enfile ma veste avant de prendre son bras.

Nous bavardons de tout et n'importe quoi, des sports que nous avons pratiqués, de nos rêves d'enfant et le trajet en voiture passe très rapidement. Lorsque nous arrivons devant chez moi, Robyn sort de la voiture pour m'ouvrir de nouveau la porte et je lui souris avant d'affirmer :

— J'ai vraiment passé une excellente soirée en votre compagnie Robyn. Vous êtes un homme très charmant.

Il s'approche de moi, je suis encore contre la portière de la voiture. Il me regarde dans les yeux, puis regarde ma bouche, puis me fixe de nouveau.

— Moi aussi j'ai vraiment passé une très belle soirée Krys. Vous êtes une ravissante femme pleine de surprises.

Je sens la chaleur me monter aux joues. La bouche de Robyn s'approche de la mienne et je ne peux m'empêcher d'aller rejoindre le dernier millimètre qui nous sépare de ce baiser que nous voulons échanger depuis bientôt trente-six heures.

Mon Dieu, tout ça est complètement indécent, comment peut-on ressentir une telle attraction envers un homme ?

Le baiser que nous échangeons est court, mais intense. Robyn s'arrête pour me regarder dans les yeux comme s'il cherchait mon approbation et en un battement de cils, il vient écraser de nouveau ses lèvres sur les miennes. Sa bouche est chaude, avide de sentir mon corps près du sien. Il continue de m'embrasser voracement, ses mains agrippent ma nuque et le bas de mon dos avec ferveur.

Et alors que mes jambes commencent à n'être plus que du coton, il s'arrête et me relâche.

— Vous devriez rentrer chez vous Krys. Il commence à se faire tard.

Il a la voix sévère et je dois dire que je ne comprends pas très bien ce retournement de situation. Cependant, je préfère faire l'autruche, la soirée a été trop bonne pour que je me prenne la tête pour des futilités :

— Dormez bien Robyn, encore merci pour cette soirée, et la prochaine fois c'est moi qui vous invite.

— J'aime que vous sous-entendiez qu'il y aura une prochaine fois.

Il me fait son regard de séducteur habituel et pour une fois, je dois admettre que je réitérerais l'expérience plus d'une fois.

Ce serait dommage que nous nous arrêtions en si bon chemin, qu'en pensez-vous ?

— Je partage votre avis, maintenant filez. Passez une bonne nuit Krys.

Je lui souris, puis prends mes clés dans ma veste pour ouvrir la porte d'entrée de chez moi. Et quand je referme la porte, je suis sur un petit nuage. Je me déchausse, m'assieds sur mon canapé et regarde dans le vide en repensant à cette soirée riche en émotions, en confessions et en imprévus. Robyn sait indubitablement parler aux femmes, en tout cas, il sait comment me parler à moi. Sauf que désormais, la flamme que je tentais tant bien que mal de faire sommeiller en moi, s'est réveillée tel un brasier ardent.

Et ce baiser, mon Dieu, il était digne des plus grandes comédies romantiques hollywoodiennes. Robyn a vraiment des lèvres d'une douceur fabuleuse. Je savais que ce baiser arriverait tôt ou tard, car nous n'arrêtons pas de nous tourner autour depuis hier. Mais jamais je n'aurais pensé qu'il aurait un tel effet sur moi, sur mes sens et sur l'humidité de ma petite fleur.

Seigneur !

Je me rends dans la salle de bains pour me débarbouiller un peu et surtout pour me mettre un coup d'eau glacée sur la figure. Il faut que je me remette les idées en place. Heureusement que je suis en week-end, cela me laissera le temps de me remettre de cette soirée d'ici là.

Enfin j'espère !

Une fois en pyjama, je m'allonge dans mon lit et allume ma télé pour suivre l'épisode six de la saison trois de *Murder*. Cet épisode relate ce qui s'est passé trois semaines avant que la maison d'Annalise Keating ne prenne feu et tue l'un des protagonistes. J'adore cette série, elle est dans le top trois de mes séries préférées avec *Gossip Girl* et *The 100*. C'est la troisième fois que je me replonge dans les épisodes de *How to Get Away with Murder*, et à chaque fois, je suis scotchée à mon écran.

Il faut dire que Viola Davis est vraiment une actrice hors pair. J'adore son personnage d'avocate forte, autoritaire, affirmée et sensible. Elle est une excellente enseignante pour les étudiants de sa clinique juridique. Ils sont confrontés à de réels cas, donc leur application du droit est pratiquement toujours maîtrisée.

Au-delà de ça, Viola Davis est une femme dont le parcours suscite ma plus profonde admiration. Elle a eu une enfance très modeste au point de devoir parfois fouiller les poubelles, mais elle a quand même réussi à intégrer la *Juilliard School*. Et aujourd'hui, elle est un modèle de réussite féminin et un exemple d'accomplissement de la femme noire. Elle a obtenu de nombreuses récompenses et nominations pour divers rôles qu'elle a incarnés comme en témoigne son récent Oscar de la meilleure actrice dans *Le blues de Ma Rainey*. D'ailleurs, Viola Davis est la femme noire la plus nominée de l'histoire des Oscars, et je trouve ça spectaculairement incroyable. Je ne connais pas cette femme, mais je suis extrêmement fière d'elle.

Elle est carrément inspirante.

Je finis mon épisode et jette un œil à mon téléphone, il est 00 h 23. *Je regarde un autre épisode et je me couche !* Je me dis plus ça pour m'inciter à ne pas enchaîner les épisodes comme j'ai l'habitude de le faire depuis que je me suis installée à Londres. J'ai fait pareil avec *Gossip Girl* sauf que c'était la première fois que je regardais la série.

J'allais déposer mon téléphone sur ma table de chevet, mais une notification m'interpelle :

J'AI PASSÉ UNE MERVEILLEUSE SOIRÉE. JE N'AI JAMAIS CONNU UNE FEMME COMME VOUS. VOUS SEMBLEZ IRRÉELLE TANT TOUT CHEZ VOUS M'ATTIRE ET CE D'AUTANT PLUS À PRÉSENT QUE JE CONNAIS UNE PARTIE DE CE QUE VOUS AVEZ TRAVERSÉ. NE VOUS CACHEZ JAMAIS DE RIEN, NE VOUS EMPÊCHEZ PAS D'ÊTRE VOUS-MÊME, PAS AVEC MOI. RIEN NE SAURAIT ME FAIRE CHANGER D'AVIS À VOTRE SUJET. DORMEZ BIEN KRYS. R-

Je prends du plaisir à lire ses mots, il est vraiment doué avec la langue, il n'y a pas à dire.

MERCI ROBYN, CE FUT UN PLAISIR POUR MOI AUSSI. VOUS SAVEZ VRAIMENT COMMENT ME PARLER. ON CROIRAIT PRESQUE QUE CHAQUE MOT A ÉTÉ CHOISI SCRUPULEUSEMENT POUR M'ATTEINDRE. PASSEZ UNE BONNE SOIRÉE ÉGALEMENT.

Sa réponse prend moins d'une minute à arriver :

COMBIEN DE TEMPS VONT ENCORE DURER VOS RÈGLES ?

Je suis étonnée à la réception de ce message, mais pas du tout choquée, alors je rédige ma réponse :

JE NE LES AURAIS PLUS DÈS LUNDI.

Mon téléphone affiche une nouvelle notification presque immédiatement :

TRÈS BIEN, ALORS À LUNDI DÉLICIEUSE CRÉATURE !

16- Robyn

Sur le trajet en voiture vers chez moi, je me remémore cette soirée au déroulement pour le moins intéressant. J'ai compris, dès les premiers instants où j'ai rencontré Krys, qu'elle tentait de dissimuler quelque chose. Elle m'a parlé du décès de ses parents, de la manière dont l'écriture lui a permis de surmonter cette période « effroyable » de sa vie. Elle a évoqué son grand-père et la maladie qui l'a emporté il y a moins d'un an. Et elle m'a parlé du financement de ses études, c'était probablement la partie la plus improbable de notre conversation et surement celle pour laquelle je n'étais pas du tout préparé.

Elle m'a expliqué sans me donner trop de détails qu'un mec de son école qui faisait souvent des allers-retours là-bas pour « aller pécho » – comme elle a dit en français – lui a donné le contact pour qu'elle puisse faire, vous voyez…

Connard de junkie.

Je casserais volontiers la gueule de ce mec pour lui avoir soufflé l'idée selon laquelle vendre son corps pouvait rapporter gros. Elle m'a dit qu'elle avait gagné pas mal d'argent et que ça lui avait permis de payer son école, mais également son déménagement et une partie de sa maison.

Cette révélation a eu un effet étrange sur moi. J'ai d'abord été très surpris puis en colère de savoir qu'elle avait été obligée de faire ce métier. Ensuite, j'ai ressenti beaucoup de respect parce qu'elle a eu le courage de m'en parler, mais surtout de la voir autant assumer ce passé qui est le sien.

Mademoiselle Ravis est vraiment tout ce que j'aime chez une femme.

Et lorsque nous nous sommes embrassés, toutes mes appréhensions se sont envolées. Je ne veux pas renoncer à Krys, même si elle travaille pour moi. De toute manière, je ne suis vraiment pas sûr d'en être capable même si j'en ai l'envie. Pourtant, nous nous sommes échangé seulement deux baisers, mais ils étaient tellement intenses que je ne me vois pas me priver des jouissances que pourrait m'offrir son corps. Elle est tellement belle et tellement talentueuse. *Et moi je suis tellement obsédé par tout ce qu'elle est... Misère !*

Lorsque je rentre, je vais tout droit à la douche, j'en ai déjà pris une tout à l'heure, mais je crois que j'ai grandement besoin d'une douche froide pour calmer l'excitation qui naît entre mes jambes à chaque fois que je pense à elle.

L'eau tiède me coule sur la peau et je n'arrive pas à me sortir le visage de Krys de la tête. Alors je fais ce que tout homme fait dans ma situation – les couilles pleines et les pensées embrumées à cause d'une femme exceptionnelle de corps et d'esprit – je me branle sous la douche tel un adolescent en rut incapable de se contrôler. Et j'aimerais avoir honte, mais ce n'est pas du tout le cas et de toute manière, je ne trouverais jamais le sommeil si je reste dans un tel état d'excitation alors que le fruit de mon désir n'est plus avec moi.

Je sors de la douche quinze minutes plus tard, complètement épuisé et pressé de retrouver le confort de mon lit. Je m'endors en quelques minutes tant la journée a été éprouvante.

Demain je devrais faire face aux critiques du premier numéro de ma collection.

Je ne suis pas inquiet, mais tout de même un peu soucieux.

Je me réveille à 9 h dans une forme olympique. Je me sens d'humeur à faire un footing avant d'aller à mon cours de tennis, mais d'abord, il faut que je jette un œil sur le web pour lire les premiers avis sur le numéro un de ma collection. Habituellement, Natacha est avec moi quand je consulte les avis laissés sur internet, cela m'évite de surréagir quand je vois quelque chose de vraiment déplaisant.

J'ouvre le moteur de recherche et tape simplement « femmes influentes ». Le premier lien sur lequel je tombe est plus qu'encourageant. L'article est intitulé « **La glorification de la femme à travers la mode par Robyn Laynn** ». Je lis rapidement le contenu de l'article :

« La collection « Femmes influentes » promet de créer un réel engouement auprès de la gent féminine du monde entier. Robyn Laynn met en avant tous les aspects de la féminité et il n'y a pas plus rafraîchissant qu'un homme féministe pour affirmer avec fermeté que la femme a une place importante dans la société [...]. »

Je suis très satisfait, je trouve que l'article colle plutôt bien avec la réalité des choses. La collection « Femmes influentes » est mon cadeau pour les femmes, pour les pousser à se trouver belles en toutes circonstances.

Je quitte la page et me lance dans la lecture d'une deuxième critique bien moins flatteuse. Déjà, le titre ne me dit rien qui vaille : « **Le richissime créateur de mode veut s'attirer la convoitise de la gent féminine** ». Mais ce titre n'est rien comparé à l'article en lui-même :

« Robyn Laynn a toujours destiné ses collections aux deux sexes. Et alors que cela semblait fonctionner pour celui qui est le numéro un de la mode à l'échelle mondiale, il change son public sans en avertir personne, pas même par un communiqué de presse. C'est à se demander si les finances de Laynn Agency sont toujours au beau fixe. [...] Nous verrons ce que donnent les autres numéros de la collection « Femmes influentes », mais pour le moment, je ne suis pas convaincu. »

Je suis horrifié de savoir que ce torchon a été publié et va encore être lu par des milliers de personnes. Je n'ai jamais lu un tel ramassis de conneries en si peu de mots. Ce type n'a absolument rien compris, ni à la mode, ni à mon travail, ni même aux femmes.

Quel con ma parole !

J'ai envie de balancer l'ordinateur à travers la pièce tant je suis en rogne, mais je sais que ce n'est pas une bonne idée.

Je l'ai fait une fois quand j'avais seize ans. Mes parents m'avaient privé de sortie. Je ne me souviens plus précisément de la raison, mais ils devaient sûrement être dans le juste. Et lorsque je suis monté dans ma chambre, j'ai balancé mon ordinateur portable par terre. Ben, je peux vous assurer que ce léger incident m'a servi de leçon puisque je ne l'ai plus jamais refait. J'ai su jusqu'à aujourd'hui, canaliser toutes mes pulsions de voir du matériel électronique voler à travers la pièce.

Après quelques minutes pendant lesquelles je fulmine contre le connard de rédacteur de cette ignominie, et j'exagère à peine, je me décide à rallumer mon ordinateur pour lire le reste des choses qui se disent à propos de mon magazine. Le titre de l'un des articles m'a particulièrement marqué : « **La mode pour les femmes aux quatre coins du monde d'après Robyn Laynn** ». Il est très élogieux et a été écrit par le seul et l'unique Shun Saitoyashira, un journaliste de mode japonais que j'aime beaucoup notamment parce que ses critiques sont toujours constructives.

Je n'ai aucun problème avec le fait que mon travail soit critiqué, même négativement. Mon but a toujours été de voir mes vêtements portés par le plus grand nombre. Mais je suis parfaitement lucide quant à la réalité des choses : je ne peux pas plaire à tout le monde. En revanche, s'il y a bien une chose que je ne supporte pas, ce sont les critiques infondées et dépourvues de tout argument.

Saloperie de Jake, je lui en montrerais moi de la convoitise !

En repensant à ce tas d'injures à l'encontre de mon travail, je suis à deux doigts de contacter mes avocats pour faire en sorte d'éteindre sa carrière. Ça ne serait pas la première fois qu'un petit malin pense qu'il peut raconter tout et n'importe quoi sur internet. Je lui accorde le bénéfice du doute pour le moment, mais j'espère qu'il ne s'avisera plus jamais de réduire mon travail à quelque chose d'insignifiant ou alors d'intéressé et de malsain.

Après cette exploration de la toile, je fais bouillir de l'eau et me prépare des tartines à la confiture de fruits rouges. Cette saveur est ma préférée depuis ma plus tendre enfance. Lorsque nous allions chez ma tante Carol à Birmingham avec Léonie et Jacob, son second époux ramenait toujours de la confiture *Bonne maman* aux fruits rouges pour qu'on prenne notre petit- déjeuner. Léonie détestait ça et je crois que ça n'a pas beaucoup changé, mais Jacob et moi en raffolions. John a tenté de nous apprendre à parler français lorsque nous allions les voir, mais Léonie est la seule à avoir retenu la leçon, Jacob et moi étions bien trop dispersés. J'étais le plus turbulent de nous deux sans l'ombre d'un doute, parce que Jacob était seulement celui qui me suivait dans mes bêtises ou qui tentait de les réparer. *Quelle belle époque !*

Je n'ai jamais vraiment appris à parler français, mais je sais que Krys est française même si son accent américain absolument parfait tromperait n'importe qui. J'aimerais qu'elle m'apprenne à parler sa langue. Je suis sûr qu'elle ferait une très bonne institutrice, qu'elle m'enseignerait la littérature française avec élégance, car jusqu'à présent, je connais seulement Albert Camus et Jean-Baptiste Poquelin. John nous a tant rebattu les oreilles avec ces deux écrivains.

Tout ça pour dire que j'ai bientôt vingt-neuf ans et qu'il est temps pour moi d'apprendre à parler la langue de Molière.

Je me prépare pour rejoindre mon ami Joe à notre cours de tennis. Il fait plutôt beau ces derniers temps, donc c'est très agréable de jouer en extérieur. J'enfile mon ensemble Lacoste vert et mets mes baskets. Mon sac de tennis est déjà dans mon coffre avec tout ce dont j'ai besoin pour mon cours. Je vérifie tout de même dans le sac avant de partir, surtout pour vérifier que j'ai bien pris mon bandeau parce que la transpiration dans les yeux, ce n'est vraiment pas la sensation la plus agréable qui soit.

J'arrive au club de tennis à 11 h pile, Joe est déjà là. Il fait ses échauffements habituels.

Un vrai professionnel le type !

Je connais Joe depuis un petit moment maintenant puisqu'il est le mari de Léonie. Je m'entends vraiment bien avec lui, il travaille dans les finances et ses affaires sont plutôt florissantes.

Lorsqu'il me voit entrer dans le cours, il me fait une accolade :

— Eh Rob, comment tu vas mon pote ?

— En pleine forme, comme un premier jour où ma collection a fait l'unanimité sur la toile. Et toi Joe, toujours aussi riche ?

L'unanimité à une exception près.

Il se marre et me pousse avant de répondre :

— Arrête un peu, toi et moi nous ne jouons pas dans la même cour.

Il n'a pas tort, je dispose d'au moins cinq fois sa fortune...

— Et sinon, t'es toujours heureux de porter le prénom du plus grand tueur en série psychopathe de Netflix ?

— Va t'faire foutre Rob ! Est-ce que je te demande c'que ça t'fait d'être toujours aussi faible au tennis contre le mari de ta sœur ?

— Enfoiré !

Je n'ai rien d'autre à ajouter parce qu'il a parfaitement raison. Joe est un excellent joueur de tennis, je suis un amateur à côté de lui. *Et encore.* Je suis même convaincu qu'il aurait pu passer professionnel lorsqu'il était plus jeune s'il avait choisi une carrière sportive.

Nous nous mettons à jouer et au bout de trente minutes, Joe a déjà remporté le premier set. Il mène 6-2. Cela ne présage rien de bon pour moi, mais je garde la face et continue de lui envoyer deux-trois vannes sur le personnage de *Joe Goldberg* pour le déconcentrer. Au début, cela ne semblait pas fonctionner sauf que j'ai remporté le deuxième set 6-4. Or, ce n'est jamais arrivé, pas même une seule fois. Joe remporte systématiquement tous les sets lorsqu'il joue contre moi.

Au départ, ça m'agaçait réellement qu'il soit mon adversaire, car je déteste perdre, je ne disais rien seulement pour faire plaisir à Léonie. Mais avec le temps, je m'y suis fait, j'ai bien compris que ma passion pour le tennis ne serait jamais réciproque et je me suis fait une raison.

Nous finissons notre match vers 13 h et évidemment, Joe m'a mis une énième raclée. Nous nous serrons la main et il me félicite :

— Franchement, bravo mec, tu t'es bien battu ! Y'a eu un petit progrès.

— C'est bien que tu m'en parles parce que figure-toi que j'envisage de me lancer dans une carrière de tennisman. Le monde de la mode m'a soulé.

Il explose de rire, littéralement. Il a les larmes aux yeux et je ne parviens pas à garder mon sérieux.

Après mon déjeuner avec Joe, je rentre chez moi et m'enferme dans mon bureau pour peaufiner le travail du deuxième magazine qui paraitra la semaine prochaine. Le temps file à une vitesse monstrueuse tant je suis absorbé par le travail, car mon téléphone affiche déjà 19 h 52. Jacob m'a laissé un message :

SALUT FRANGIN, TU VIENS DEMAIN À LA MAISON ? FERYELL AIMERAIT TE VOIR.

Je lui passe un rapide coup de fil pour m'assurer que Milan va mieux et raccroche en convenant de venir les voir pour 12 h 30. Le reste de la soirée tourne autour du travail, je fais tout mon possible pour ne pas penser à Krys, mais ce n'est pas chose facile. À chaque fois que je pense que je suis au summum de ma concentration, elle refait son apparition dans mes pensées. Ça tourne carrément à l'obsession. *Je suis dans la merde…*

17- Krys

Je souris à mon téléphone lorsque je lis le dernier message de Robyn. J'ai très bien compris son sous-entendu, il attend lundi avec impatience afin de pouvoir me baiser comme il l'a si souvent répété. Cette idée perverse active l'ensemble des terminaisons nerveuses que je peine à faire sommeiller entre mes jambes.

Lorsque j'ai mes règles, j'ai le sentiment que tous mes sens sont en éveil et Robyn a vraiment le don de réveiller chacune des cellules qui composent mon anatomie. L'attraction sexuelle que je ressens lorsqu'il s'approche de moi dépasse de loin tout ce que j'ai pu connaître avec les hommes que j'ai fréquentés jusqu'alors. Et pourtant, j'en ai vu des tas, *si vous voyez ce que je veux dire*.

Si on m'avait dit qu'à peine trois mois après mon installation à Londres, j'allais révéler la plus grosse partie de mon passé à mon patron, je n'y aurais jamais cru. Pourtant, je me sens différente lorsque je suis auprès de Robyn.

Quand je lui ai annoncé que j'avais eu recours à la prostitution pour payer mes études, il avait l'air vraiment en colère.

Peut-être était-il contrarié d'apprendre que c'était le secret que je cachais ? Ou peut-être en voulait-il à Billy de m'avoir donné l'idée de vendre mon corps ?

Ce serait bizarre, mais de toute manière, je ne pense pas qu'il y ait d'autres mots pour qualifier la relation que j'entretiens avec cet homme.

Il existe quelque chose de fort entre Robyn et moi, un lien chimique et spirituel qui nous unit. Je ne saurais pas vraiment comment le décrire. Mais c'est un peu comme si depuis la première seconde où nos regards se sont croisés, nous n'arrivions pas à nous détacher l'un de l'autre. Je crois même que c'est un peu malgré nous : nous sommes attirés l'un par l'autre et rien ne peut y changer quoi que ce soit malgré nos efforts respectifs pour lutter contre ce phénomène.

Ça dépasse l'entendement.

Je ne fais pas long feu ce soir, mes paupières sont lourdes et je ne crois pas être en mesure de garder les yeux ouverts plus longtemps. Alors je ferme les yeux et la fatigue m'emporte, tandis que ma tête se remémore l'ardeur de ce baiser qui me fait encore frétiller.

Les révélations que j'ai faites à Robyn hier soir m'ont donné envie d'explorer tous les souvenirs que j'ai gardés de mes parents. Je descends dans ma cave et fais deux allers-retours dans les escaliers pour récupérer tous les cartons. Ça fait des années que je n'ai pas pris le temps de me replonger dedans, il y a même une période où je faisais comme s'ils n'existaient pas.

Quand mon grand-père m'a pris à sa charge à la mort de mon père, j'étais complètement dans le déni. Je refusais de me dire que je ne verrai plus le dernier parent qui me restait, alors pour faire comme s'il était encore en vie, j'ignorais tout ce qui pouvait me rappeler sa mort. Pendant deux ans je lui écrivais des messages toutes les semaines pour lui raconter ce qui se passait dans ma vie.

Je relirais bien ces messages, tiens !

Je cherche mon ancien téléphone et lorsque je tombe dessus, je suis contente de voir que j'ai eu la jugeote de conserver le chargeur. *Un gros machin comme ça, ça ne doit plus exister depuis le temps.*

J'allume l'appareil et tape le mot de passe. Je ne l'ai jamais changé après toutes ces années : ce sont les dates de naissance et de mort de ma mère : 8 juillet 1962 – 13 février 2007. Je lis la conversation, ou plutôt, l'ensemble des messages que j'ai laissés à mon père. Le dernier me touche particulièrement, je ne me souvenais plus du tout de son contenu :

PAPA TU N'ES PLUS LÀ, J'AI 15 ANS MAINTENANT ET TU N'ES PLUS DANS MA VIE DEPUIS DEUX ANS. C'EST LA PREMIÈRE FOIS QUE JE ME L'AVOUE. J'AI VOULU FAIRE COMME SI TU ÉTAIS TOUJOURS AVEC MOI PAPA, JE TE JURE. JE NE T'AI PAS OUBLIÉ, MAMAN NON PLUS, MAIS AVEC TOI JE VOULAIS FAIRE COMME SI TU ÉTAIS ENCORE AUPRÈS DE MOI PARCE QUE C'ÉTAIT TROP DUR.

AUJOURD'HUI, C'EST LA DERNIÈRE FOIS QUE JE T'ENVOIE UN MESSAGE PAPA, JE SAIS QUE TU NE LE RECEVRAS JAMAIS, MAIS SACHE QUE JE T'AIME TOUJOURS AUTANT PAPA. JE RESTERAI TOUTE MA VIE TA PRINCESSE ET JE VOUS RENDRAI FIERS MAMAN ET TOI, MÊME SI VOUS N'ÊTES PLUS LÀ POUR LE VOIR. JE CROIS QUE CE N'EST PAS BON POUR MON PETIT CERVEAU DE FAIRE COMME SI TU ÉTAIS TOUJOURS EN VIE. LES GENS APPELLENT ÇA LE DÉNI ET J'AI LU QUE ÇA POUVAIT ÊTRE DANGEREUX POUR MA SANTÉ.

ALORS J'ARRÊTE D'ÊTRE DANS LE DÉNI, JE CROIS QUE C'EST COMME ÇA QU'ON DIT ET JE VOUS AIME TRÈS FORT TOUS LES DEUX. MAIS PAPA, JE NE PEUX PLUS IGNORER QUE TU ES PARTI. COMME TU ME L'AS EXPLIQUÉ APRÈS LE DÉCÈS DE MAMAN, JE DOIS ME RECONSTRUIRE. ON SE RETROUVE AU PARADIS DANS DE TRÈS LONGUES ANNÉES JE L'ESPÈRE, CAR JE VEUX ACCOMPLIR TOUT CE DONT VOUS RÊVIEZ POUR MOI DE VOTRE VIVANT.

Je suis extrêmement émue par ce message, tout d'abord parce qu'en le lisant, je me souviens exactement du moment et de l'endroit où je l'ai rédigé. Mais aussi parce que je suis impressionnée quand je prends conscience de tout ce que je suis parvenue à faire dans ma vie après la mort de mes parents.

J'espère qu'ils sont fiers de moi là où ils sont.

Ils me manquent très souvent, il y a tellement de choses dont j'aurais aimé discuter avec eux, tant de questions que j'aurais aimé leur poser, tant d'amour qu'ils n'ont pas pu me donner à cause de la maladie. Mais s'il y a bien une chose qu'ils m'ont enseignée et plus particulièrement que mon père m'a appris, c'est que malgré la difficulté des épreuves qu'on traverse dans la vie, il faut se relever. Il m'arrive de pleurer en pensant à eux, mais pas aujourd'hui, je n'ai que des souvenirs joyeux de mon enfance et c'est l'unique chose que je souhaite garder en mémoire.

J'ai l'impression que l'odeur de ma mère est toujours imprégnée dans son foulard *FENDI*. Elle était toujours élégante, bien habillée, bien coiffée, très coquette, sans pour autant être tirée à quatre épingles. De plus, ma mère était une femme absolument magnifique, je pense que ses gènes kenyans n'y étaient pas pour rien.

Ma mère était une vraie bombe !

Je continue mon voyage à travers le passé en me replongeant dans les vieux albums photos. Je ressens beaucoup d'émotions. Tous ces souvenirs me réchauffent le cœur. Je me souviens du couple heureux que formaient mes parents. Ils étaient magnifiques ensemble tous les deux. Ils se sont mariés lorsque j'avais six ans. Ma maman tenait absolument à ce que je leur apporte les alliances. J'étais vraiment petite, donc je n'ai que des bribes de souvenirs. Mais je me souviens d'une ambiance chaleureuse : les gens semblaient contents d'être là et de partager ce moment avec mes parents. La joie est l'une des premières émotions qu'ils m'ont transmises lorsque j'étais enfant. Ils étaient vraiment deux parents fantastiques, aimants et affectueux.

Pendant longtemps, je me suis demandé pourquoi le bon Dieu avait emporté mes parents alors que d'autres gens bien moins bons continuaient de mener leur vie tranquillement. Puis à un moment donné, je me suis rendu compte que cette réflexion était complètement stupide et indigne de l'éducation que j'avais reçue. Les choses sont comme elles sont, mes parents sont morts et rien ni personne ne pourra y changer quoi que ce soit. Alors chaque jour qui passe depuis leur décès, je me fais un peu plus à l'idée qu'ils ne seront pas là lorsque je me marierais, lorsque j'aurais des enfants et pour toutes les autres choses importantes de la vie que j'aurais aimé partager avec eux.

Parfois, il m'arrive de me sentir seule. Je me suis sentie seule pendant une très grande partie de ma vie en réalité. Sans famille, il est très difficile d'avancer, car ils sont le ciment d'une enfance équilibrée, mais je les ai perdus trop tôt et je sais que ça a créé une faille en moi. Elle ne disparaîtra jamais même si mon grand-père a fait de son mieux pour poursuivre mon éducation. Il n'était pas souvent là donc j'ai été très tôt et très souvent livrée à moi-même. Je crois que c'est pour cette raison que je me suis mise à écrire, à dessiner et à danser. J'avais un grand besoin d'évasion et ces trois activités étaient les seuls moments où la réalité de la vie ne pouvait pas m'affecter négativement. Heureusement que j'ai trouvé rapidement ce qui me faisait du bien, car je n'avais pas les moyens de payer un psychologue et je ne voulais rien demander à mon grand-père. Je trouvais ça déjà bien trop généreux de sa part de me laisser vivre avec lui malgré son emploi du temps très chargé. Et à sa mort en mars dernier, il m'a légué la totalité de sa fortune, donc la banque m'a accordé le prêt pour acheter la maison dans laquelle je vis aujourd'hui.

Je passe le reste de la journée dans les photos, les vêtements, les cadeaux et toutes les babioles enfermées dans ces cartons. Je crois que cette journée m'a fait du bien, mais je suis une fois de plus totalement épuisée. Je me couche très tôt en pensant à Robyn, à sa bouche, à son regard, à ses fossettes et à son corps dont les muscles saillants ne demandent qu'à se montrer sous ses costumes.

Mon dimanche est placé sous le signe de la détente, je passe pratiquement toute la journée sur le canapé de mon salon à bouquiner. Je n'ai toujours pas fait les courses, je n'y ai pas pensé hier et il n'y a rien d'ouvert dans le coin. J'ai bien trop la flemme de prendre ma voiture, alors je commande dans mon restaurant préféré les pâtes à la crème sauce poulet et champignons.

En début de soirée, poussée par je ne sais quel élan de courage, j'envoie un message à Robyn :

SALUT BEAU GOSSE, QUE FAITES-VOUS DE VOTRE FIN D'APRÈS-MIDI ?

Quand je relis le message, je me demande vraiment ce qui m'est passé par la tête. Là tout de suite, j'aimerais revenir quelques secondes en arrière pour effacer mon acte. Et alors que mon corps mime une mini crise d'angoisse, la réponse de Robyn me parvient :

BONSOIR, MA BEAUTÉ, JE NE VAIS PAS TARDER À PRENDRE LA ROUTE POUR RENTRER CHEZ MOI ET VOUS, QUE FAITES-VOUS ?

C'est sympa « ma beauté », j'aime bien.

Je ne sais pas s'il a volontairement ajouté le pronom possessif « ma », mais j'apprécie la façon dont il raisonne à mon oreille. Je me demande bien où il se trouvait. Je jette un coup d'œil à ma montre, il est déjà 18 h 39.

OÙ ÉTIEZ-VOUS ?

Mon téléphone vibre presque directement :

VOUS ÊTES BIEN CURIEUSE MADEMOISELLE RAVIS. SI VOUS VOULEZ TOUT SAVOIR, J'AI PASSÉ LA JOURNÉE CHEZ MON FRÈRE.

ET VOUS QUE FAITES-VOUS ?? VOUS NE M'AVEZ TOUJOURS PAS RÉPONDU !

Je crois qu'il perd un peu patience, mais c'est plutôt amusant, alors je continue d'ignorer sa question :

VOUS N'AVEZ QU'UN FRÈRE DONC JE SUPPOSE QU'IL S'AGIT DE JACOB.

J'ai lu ça quelque part dans le numéro un de la collection. Je savais que cette information me serait utile à un moment donné ou à un autre. *Bien joué Krys !*

JE VOUS APPELLE LORSQUE JE SUIS CHEZ MOI. RENDEZ-VOUS DISPONIBLE.

Non mais il se prend pour qui celui-là à m'ordonner d'être à sa disposition sans aucune politesse !

Quel con parfois !

Et alors que je commence à m'énerver toute seule devant mon écran, un second message s'affiche :

*S'IL VOUS PLAÎT KRYS. JE SAIS COMBIEN VOUS HAÏSSEZ L'IMPOLITESSE, MAIS JE N'AI PAS PU M'EN EMPÊCHER. JE VOUS IMAGINE FULMINANT DEVANT VOTRE TÉLÉPHONE À LA LECTURE DE MON PRÉCÉDENT MESSAGE.

JE PEUX ME JOUER DE VOUS MOI AUSSI, VOUS ÊTES CONSCIENTE DE CELA N'EST-CE PAS ?

C'est de bonne guerre !

Je ne peux me retenir de rire à la lecture de ce message. Robyn a déjà trouvé un moyen de m'énerver. Il l'a fait exprès, il savait pertinemment que ça me mettrait en rogne de recevoir ce message. *Il sait comment me faire rager l'idiot !*

VOUS M'AVEZ EUE. J'ATTENDS VOTRE APPEL. K-.

J'imite la signature qu'il a faite les premières fois où il m'a écrit, histoire de le taquiner un peu, puis dépose mon téléphone avant de reprendre la lecture de *L'Ingénu* de Voltaire. Cet ouvrage est l'un de mes préférés, je l'ai découvert lorsque j'étudiais le français au lycée et j'ai dû le lire une bonne dizaine de fois depuis.

Je suis en plein milieu d'une phrase lorsque mon téléphone se met à sonner bruyamment. Sans aucune surprise, le nom de Robyn s'affiche sur mon écran. Je décroche et le laisse parler :

— Bonsoir mademoiselle Ravis, croyez-vous qu'il soit judicieux de vous moquer de moi de la sorte ?

— Je ne vois pas du tout à quoi vous faites allusion, monsieur Laynn. Je ne me permettrai jamais de faire une chose pareille, vous êtes mon patron, vous n'avez pas oublié ?

Je jubile intérieurement car je l'entends rire à travers le combiné.

— Vous êtes une femme vraiment impertinente Krys, vous le savez n'est-ce pas ?

— Je sais que vous aimez ça Robyn !

J'ai parlé d'une voix sulfureuse sans vraiment le vouloir et je sens que la conversation risque de prendre une autre tournure :

— Vous savez Krys, à force de me provoquer sans arrêt, vous allez finir par me trouver. Mais avant cela, j'aimerais que vous me racontiez ce que vous avez fait de votre week-end.

Alors je lui explique que notre discussion de vendredi soir a réveillé chez moi le besoin de renouer avec mon passé. Il a l'air vraiment ravi de savoir que ça a été une joie de me replonger dans ces souvenirs et j'ignore pourquoi mais ça me touche. Robyn peut être tellement attentionné parfois. *Attention cocotte, c'est pas seulement de l'attraction ça…*

— Et vous Robyn, racontez-moi votre week-end, je n'arrête pas de parler depuis tout à l'heure. Mais moi aussi je suis curieuse de savoir comment s'est déroulé le vôtre.

— J'aime vous écouter parler Krys, vous avez toujours quelque chose d'intéressant à dire. Et s'agissant de mon week-end, il a été synonyme de travail et de moments passés en famille. Je suis impressionné par la façon dont les bébés grandissent vite. Mon neveu Milan n'a que huit mois, mais il a déjà tellement grandi depuis le jour de sa naissance…

Il marque une courte pause alors je ne dis rien au cas où il voudrait rajouter quelque chose.

— Sincèrement Krys, vous n'avez pas quitté mes pensées du week-end.

Sa voix est différente de d'habitude, comme s'il s'apprêtait à me faire une révélation :

— En réalité, c'est le cas la plupart du temps depuis que je vous connais…

Je manque de m'étouffer avec ma salive tant je suis surprise qu'il ressente la même chose que moi. Nous sommes tous les deux extrêmement directs l'un envers l'autre, mais jamais au point d'être aussi transparents. Donc je décide de lui rendre son honnêteté :

— Je n'attendais pas à ce que vous soyez aussi franc, mais je dois vous avouer que c'est pareil de mon côté. Et c'est quelque chose qui s'est accentué depuis que nous avons échangé ce… vous voyez…

— Le baiser du siècle !

— Je n'aurais pas dit mieux !

Et nous nous mettons à rire, puis Robyn me coupe d'une voix bien trop sévère pour que ça ne me fasse pas flipper :

— Je dois vous avouer quelque chose, je ne suis pas fier de moi, mais je veux être honnête envers vous.

Je commence à réellement paniquer.

La conversation était si bien, si légère, sans prise de tête, pourquoi vouloir tout gâcher maintenant ?

— Je vous écoute.

— Comme je vous l'ai dit, j'ai énormément de difficultés à vous faire sortir de ma tête et pour un homme, il arrive des moments où la seule solution pour y voir plus clair est de laisser le désir qui nous anime s'exprimer, vous voyez et…

Je ne suis pas bien sûre de comprendre, mais je crois que c'est la première fois que j'entends Robyn parler avec aussi peu d'assurance. C'est vraiment très mignon, donc je l'invite à poursuivre :

— Ne soyez pas aussi embarrassé Robyn, vous savez très bien que vous pouvez tout me dire.

— Même que j'ai soulagé mon érection en pensant à vous ?

Mon cerveau met une seconde à comprendre et je ne peux m'empêcher de le charrier :

— C'est ça qui vous rendait si gêné ?

— Ce n'est pas de l'avoir fait qui m'embarrasse, c'est de l'avoir fait parce que vous n'étiez pas là pour le faire à ma place. Vous m'obsédez Krys, dans tous les sens du terme !

18- Robyn

La conversation a pris une tournure carrément sexuelle comme à chaque fois que Krys et moi discutons depuis jeudi soir dernier. Cette femme est étonnamment singulière. À chaque fois que je découvre des morceaux de sa personnalité, elle me surprend encore :

— Si ça peut vous rassurer, j'aurais probablement fait comme vous si j'en avais eu la possibilité, mais j'aurais dû salir mes jouets et je n'en avais pas envie.

— Vous devriez cesser d'avoir ce blocage avec vos règles. Croyez-moi Krys, je vous aurais offert beaucoup de plaisir si vous m'en aviez donné l'occasion.

— Vous ne lâchez donc jamais l'affaire ?

— Pas quand je sais que j'ai raison. Je vous assure que vous n'auriez pas eu le moindre regret.

— Essayez donc le mois prochain, je changerai peut-être d'avis.

Elle est impertinente, ça me rend dingue :

— Je vous vois sourire derrière votre téléphone, vous avez beaucoup de chance de ne pas être avec moi. Nous verrons demain si vous serez toujours aussi désinvolte quand je vous prendrai sur la table de mon bureau.

— Vous n'oseriez pas faire ça !

Si elle savait ce qu'elle me donne envie de faire à chaque fois que je la vois, que je l'entends parler, qu'elle marche avec prestance dans les couloirs de mon entreprise...

— Vous me lancez un défi ?

— Je suis sûre que vous ne feriez jamais ça. Et puis de toute façon, je n'en ai plus envie.

À d'autres, ma jolie !

Je sens qu'elle contient son rire et j'ai hâte d'être demain pour voir comment elle va s'en sortir avec ce mensonge.

— Nous verrons ça demain dans ce cas-là !

— Vous ne verrez rien du tout !

Cette fois elle n'arrive pas à retenir son rire et je ne peux m'empêcher de la suivre, car il est vraiment communicatif. Je la trouve tellement joyeuse comme femme, tellement solaire, même à travers un appel, elle me communique ses bonnes ondes.

Je ne me fis pas beaucoup à l'apparence des gens en général, car je pense réellement que l'habit ne fait pas le moine. En revanche, j'ai appris au cours des années que suivre mon instinct était très souvent une bonne chose. Krys m'inspire quelque chose de vraiment positif, c'est une femme très douce malgré la rudesse de son passé. Elle a son caractère, mais elle n'est jamais irrespectueuse, elle est magnifique, mais elle n'en fait jamais trop. Et elle est brillante, c'est une femme pleine de connaissances, pleine de ressources et elle est vraiment toujours déterminée et curieuse d'apprendre. Elle n'est pas de celles qui ont l'air d'être de belles personnes, mais qui n'en sont pas, Krys respire la bonté et je trouve ça splendide.

Je vous dis ça, vous pouvez penser que j'exagère, mais si vous la rencontriez, vous comprendriez pourquoi j'ai autant envie que nos corps s'entrechoquent.

— Robyn, vous êtes toujours là ?

— Oui, pardonnez-moi. J'étais dans mes pensées.

— Et où étiez-vous exactement ?

Elle pose toujours tellement de questions, une vraie petite curieuse.

Je pense qu'avec n'importe quelle autre femme, j'aurais coupé court à la conversation, car je déteste avoir des comptes à rendre – c'est d'ailleurs pour cette raison que j'ai racheté à mes parents l'ensemble des parts de Laynn Agency avant d'en faire ma marque – mais avec Krys, c'est différent, ça ne me dérange pas de me livrer à elle. Je dirais même que j'aime assez qu'elle ait autant envie de tout savoir à mon sujet alors je lui réponds sincèrement :

— Je pensais à vous, à la femme que vous êtes, à l'aura que vous dégagez.

— Et c'était positif ?

— À votre avis Krys ?

— Je ne suis pas dans votre tête Robyn, je peux éventuellement imaginer ce que vous pensez de moi, mais je ne peux pas en être sûre à 100%.

— Alors vous resterez dans le doute parce que j'aimerais vous parler de quelque chose. Ne croyez pas que je vous manque de respect, je suis vraiment très sérieux.

— Vous me faites peur, mais allez-y.

— Je crois qu'il faut que vous vous libériez de la contrainte que vous imposent vos règles. Enfin pas seulement vous, toutes les femmes en réalité. Les évènements de vendredi lors de votre présentation m'ont donné à réfléchir et j'aimerais vous parler d'une idée. Mais avant toute chose, je veux que vous compreniez que je vous dis ça pour vous en tant que femme et pas en tant que la femme que je désire. Vous êtes magnifique Krys et vous êtes une femme pleine de force, de caractère, d'intelligence et de sensibilité aussi. Ce qui vous est arrivé vendredi ne devrait jamais arriver à aucune femme. Déjà parce que je pense qu'il n'y a pas honte au fait d'avoir ses règles, mais aussi parce que les femmes ne devraient plus être préoccupées de tacher un de leurs vêtements parce qu'elles ont oublié qu'elles avaient leurs menstruations.

Je marque un instant de pause, elle ne parle pas car elle sait que je n'ai pas fini et surtout, que je déteste être interrompu.

On dirait qu'elle a retenu la leçon.

— Que penseriez-vous d'un numéro trois sur les femmes, leurs règles et la mode ?

— Vous voulez créer quel genre de collection ? Des tenues ou des sous-vêtements ?

— Et pourquoi pas les deux Krys, pourquoi ne pas voir plus grand ? Pourquoi se concentrer seulement sur les sous-vêtements lorsqu'on peut habiller les femmes entièrement et les protéger de la frayeur et de l'embarras d'une tache ?

Elle ne répond pas directement, je crois qu'elle est en train de mettre bout à bout toutes les informations que je viens de lui donner. J'entends sa respiration au bout du fil, elle est calme et régulière. Soudain, Krys m'interrompt dans ma rêverie :

— C'est particulier comme idée, je ne crois pas que ça ait déjà été fait auparavant, du moins pas pour une tenue intégrale. Mais vous ne pensez pas que les gens risquent de trouver ça bizarre ? Parce qu'offrir des sous-vêtements aux femmes pour les protéger de leurs menstruations d'accord, mais quelle serait l'utilité d'une tenue complète si ce n'est pointer du doigt les femmes qui ont leurs règles au moment où elles portent vos vêtements ?

Merde, je n'avais pas du tout réfléchi à ça ! Elle a raison.

— Qu'est-ce que vous proposez ?

— Des sous-vêtements haute couture pour les règles, je trouve que c'est une idée géniale, vous pourriez peut-être ajouter une gamme un peu plus sexy pour amorcer le numéro quatre ?

— OK, alors on oublie les tenues complètes, vous avez parfaitement raison, mais pour ce qui est du sexy en diable, on gardera ça pour le numéro quatre. Vous aimez dessiner n'est-ce pas ?

Je me souviens que c'est la première question que m'a posée Krys lorsque je l'ai fait monter au vingt-sixième étage avec Jayce et Natacha : *« Qui se chargera de réaliser les croquis pour le lancement de votre prochaine collection ? »*

— J'aime beaucoup en effet, pourquoi me demandez-vous cela ?

Je pense qu'elle a déjà la réponse, mais qu'elle veut simplement m'entendre lui formuler ma demande, alors je me hâte :

— J'aimerais que vous dessiniez avec moi les vêtements de cette collection, ce que l'idée vous inspire, les pièces que vous aimeriez porter si une collection venait à voir le jour pour mettre à l'abri les femmes de l'embarras d'une fuite menstruelle.

— Pourquoi pas, j'aime les défis et ça m'a tout l'air d'en être un. Pour quand voulez-vous que ça soit fait ?

— Pour le milieu de semaine, mais j'aimerais voir vos premiers croquis dès demain si ce n'est pas trop vous demander…

Je jette un coup d'œil à ma montre, il est déjà 20 h.

Je suis conscient que j'exagère. Elle avait peut-être prévu quelque chose d'autre et moi je lui impose de travailler un dimanche soir.

Je suis un vrai connard.

— Je suis en droit de refuser, nous sommes d'accord ?

— Bien entendu, mais je vous donnerai une prime pour votre travail dominical.

— Je m'en fous de l'argent, ce n'est pas la question !

Merde !

Je l'ai vexée, on s'est mal compris.

— Je vous prie de m'excuser Krys, je n'ai pas bien formulé ce que je voulais dire.

Elle me coupe la parole :

— Et qu'est-ce que vous essayiez de dire ? Que j'ai tellement besoin d'argent qu'il faille me faire travailler un dimanche ?

Comment peut-elle tirer des conclusions aussi hâtives ? Je n'ai jamais rien dit de tout cela.

Il faut absolument que je rectifie le tir :

— Je ne sais pas comment vous pouvez croire que je pense cela de vous, mais ce doit être de ma faute. Je me suis terriblement mal exprimé. Je voulais simplement dire que si vous acceptiez de travailler alors que nous sommes justement dimanche et que ma proposition est inattendue, cela se rajoutera à votre rémunération mensuelle. De plus, vous devez probablement avoir d'autres choses à faire ce soir ou tout simplement envie de vous reposer. Je…

— C'est moi qui suis désolée. Je n'aurais pas dû m'emporter comme je l'ai fait. C'est juste que je n'ai pas envie que vous pensiez que j'ai besoin d'argent parce que je me suis prostituée par le passé.

Je suis choqué par cet aveu.

Comment se met-elle toutes ces idées saugrenues dans la tête ?

— Mais où allez-vous donc chercher tout ça ? Comment pouvez-vous croire que je pourrais vous faire une chose pareille. Écoutez Krys, ce que vous m'avez confié sur votre vie restera toujours entre nous et je ne vous jugerai jamais par rapport à la personne que vous étiez avant. Je vous l'ai déjà dit. Vous avez ma parole et pour être tout à fait honnête, j'avais même déjà oublié que vous vous prostituiez.

— Comment pouvez-vous oublier quelque chose d'aussi énorme sur quelqu'un ?

J'entends à sa voix qu'elle est vraiment désireuse de connaître ma réponse. Alors, je veux la rassurer, qu'elle comprenne que j'ai un million de choses en tête lorsque je pense à elle et que la prostitution n'en fait pas partie :

— Énorme selon qui ? Selon vous, peut-être ? Parce que selon moi, ce n'est vraiment pas la première chose à laquelle je pense lorsque je vous parle ou lorsque je pense à vous. Oubliez tout cela Krys, vous êtes tout simplement vous et c'est très exactement cela que j'aime chez vous.

— Vous savez quoi ? Je vais voir si je n'ai pas du temps pour dessiner un peu ce soir.

— Je vous remercie, vous êtes vraiment…

— N'en dites pas plus, rien n'est encore fait. Mais si je veux avoir du temps, il faut que nous raccrochions maintenant.

Pourtant, elle n'a pas l'air d'en avoir envie, mais je choisis de ne faire aucune remarque et d'aller dans son sens. Après tout, c'est moi qui lui ai demandé de me rendre ce service.

C'est le moins que je puisse faire.

— Vous avez raison, passez une bonne soirée Krys.

— Bonne soirée à vous aussi Robyn. Il me tarde d'être demain.

— Et moi donc !

Nous rions, puis elle raccroche.

Une chose est sûre, Krys Ravis n'est définitivement pas une femme comme les autres.

Continue de te répéter ça tous les jours, ça t'aidera sûrement à avancer !

Elle me rend un peu plus tendre, moins froid et moins exigeant aussi, *je crois*. Et puis, je fais des choses que je n'ai jamais faites auparavant, parce que s'il y a bien un truc que je déteste, c'est être au téléphone. Je passe déjà bien assez de coups de fil comme ça au travail pour avoir en plus besoin de passer des heures en ligne avec quelqu'un. Mais avec Krys, ce n'est pas la même chose.

De toute manière, tout est amplifié quand il s'agit d'elle.

Plus le temps passe et plus je me rends compte qu'elle m'attire bien plus que n'importe quelle femme avant elle. Je crois même que la situation est totalement en train d'échapper à mon contrôle.

Et si Krys me donnait envie de plus ?

19- Krys

Quand j'arrive devant Laynn Agency, il est à peine 8 h 30. Je ne sais pas pourquoi ni comment j'ai fait pour être autant en avance, car il ne me semble pas m'être réveillée si tôt que ça. Mais ce n'est pas tant une mauvaise chose que ça, car je vais pouvoir continuer les croquis que j'ai commencés hier soir.

Après mon coup de fil avec Robyn, il me tardait de me mettre à dessiner. J'étais tellement contente lorsqu'il m'a proposé de participer à la mise en œuvre du numéro trois de la collection à ses côtés. C'est ce que je voulais depuis le début, participer à tous les rouages de l'élaboration de la collection « Femmes influentes » et pas seulement veiller au respect de la ligne éditoriale du magazine.

J'ai beaucoup de chance qu'il me fasse autant confiance donc je n'ai aucune envie de le décevoir.

J'espère vraiment qu'il aimera mes premières esquisses.

Je vois réellement ces croquis comme une étape importante de ma présence chez Laynn Agency et il me tient vraiment à cœur qu'ils soient à la hauteur des exigences de Robyn. De plus, je vois cette proposition comme l'opportunité de partager la péripétie qui m'est arrivée avec toutes les femmes de ce monde.

Jayce et Natacha arrivent à 9 h pile et nous nous racontons nos week-ends respectifs. Jayce a passé le week-end à faire la fête et à « forniquer comme une vraie catin » selon ses dires. *Il m'avait manqué.* Natacha a passé le week-end avec son compagnon si j'ai bien compris. Je n'étais pas vraiment attentive à ce qu'elle racontait en réalité, j'étais bien trop occupée à me demander ce que j'aurais à faire cette semaine.

Lorsque je sors de mes pensées, Robyn fait son apparition à notre étage. Il est beau comme un Dieu *comme toujours*. Ça devrait être interdit d'être aussi radieux dès le matin, juste parce qu'on porte le costume à merveille. Il est vêtu d'un costume blanc nacré, d'une cravate rouge garance et sa tenue est soulignée par des souliers noirs vernis.

— Bonjour à tous, j'espère que vous avez passé un bon week-end et que vous êtes prêts pour la semaine qui nous attend.

Il nous regarde tous les trois puis se tourne vers moi avant d'ajouter :

— Mademoiselle Ravis, vous voulez bien me suivre avec vos croquis s'il vous plaît ?

— Oui bien sûr.

Nous prenons l'ascenseur jusqu'au vingt-sixième étage dans un silence affreusement long et *silencieux*. J'ignorais même jusqu'à ce jour que le silence avait un bruit. Vous savez, ce silence qui paraît interminable tellement il est lourd, gênant, pesant… Et lorsque nous sortons de l'ascenseur, Robyn me prend la main et marche d'un pas déterminé. Il a l'air contrarié et je ne sais pas du tout à quelle sauce je vais être mangée.

Détends-toi ma belle, il te tient la main donc il n'en a pas après toi, tout va bien se passer.

Je me rassure comme je peux, en vain. Mais lorsque nous entrons dans son bureau, il me prend mon carnet de dessins des mains pour le balancer sur le canapé avant de me plaquer contre la porte et d'écraser sa bouche sur la mienne. Je ne m'y attendais pas du tout et j'ai l'impression que mon corps est en train de fondre sous l'ardeur de ce baiser.

Il embrasse tellement bien.

Toutefois, je ne comprends pas ce qui se passe, donc je l'arrête :

— Qu'est-ce que vous faites Robyn ? N'importe qui pourrait entrer.

Il me lance un sourire narquois avant d'affirmer :

— Je suis le seul à avoir les clés.

— Vous n'avez pas répondu à ma question, qu'êtes-vous en train de faire ?

Non pas que je n'en ai pas envie. À vrai dire, j'ai attendu ce moment tout le week-end, mais c'est si soudain que j'ai besoin qu'il s'explique sur les raisons de *tout ça.*

— Que vous arrive-t-il ? Pourquoi vos sourcils sont-ils autant froncés ? Vous avez l'air d'un enfant qui fait un caprice avec cette tête.

Il rigole :

— Vous êtes drôle. J'en aurais presque oublié que ces abrutis de journalistes m'ont harcelé de questions à peine sorti du lit.

Son visage affiche de nouveau une mine colérique alors je lui caresse la joue pour qu'il me regarde dans les yeux et pas dans le vide comme il est train de faire. *Quelles questions a-t-on pu lui poser pour le mettre autant en rogne ?*

— Robyn ?

Je vois à son regard qu'il n'est plus dans ses pensées alors je lui rends son baiser avec autant d'énergie. Nos langues s'entremêlent, je sens ses mains partout, dans mon dos, sur ma nuque, sur mes seins, dans mes cheveux, sur mes fesses.

Et sans prévenir, il me soulève de ses bras costauds pour m'emmener jusqu'à son bureau. Je croise mes jambes autour de sa taille et me tiens à son cou pour ne pas perdre l'équilibre. Il me pose délicatement sur la table et je lui retire sa veste pour entrevoir sa musculature à travers sa chemise. Et, alors que l'excitation continue de monter en flèche dans ma petite culotte, Robyn intervient d'une voix puissante :

— À partir de maintenant, je ne veux plus qu'un seul son sorte de votre bouche, vous m'avez compris ?

Le voilà le Robyn dominateur !

Je ne suis pas sûre d'être capable de faire ce qu'il m'a demandé, mais je veux bien essayer. Je mime oui de la tête, mais apparemment ça ne lui suffit pas :

— Je ne vous ai pas entendu.

— J'ai compris, Robyn.

— Bien !

Je suis complètement à sa merci, il continue de m'embrasser puis descend jusqu'à mon cou en chuchotant :

— Vous avez la peau tellement douce…

Son souffle est court, mais sa détermination à faire de moi sa soumise est toujours aussi présente. Je crois que la température ambiante a augmenté d'au moins cinq ou six degrés Celsius. Je ne sais plus vraiment où donner de la tête. Tout cela me parait tellement irréel et alors que mon corps en demande plus, Robyn se place entre mes jambes et me retire mon string en un temps éclair. Je pousse un petit cri et il me lance un regard d'avertissement.

C'est le moment de te taire Krys !

Il se lève et fait glisser le bout de tissu le long de mon corps avant d'arriver jusqu'à ma bouche. Il m'embrasse fougueusement puis place le minuscule bout de tissu entre mes lèvres à l'aide de son pouce de manière à étouffer le son de ma voix. Et honnêtement, je ne sais pas ce qui me prend d'accepter une chose pareille, mais tout ce que fait cet homme m'excite au plus haut point. Je suis incapable de lui dire non.

Et lorsqu'il se remet entre mes jambes pour me dévorer, c'en est fini pour moi, je gémis aussi silencieusement que possible alors que sa langue titille mon clitoris et multiplie les allers-retours sur mes lèvres. Il me goute avidement jusqu'à ce qu'il décide de changer la position de mon corps afin que je sois dos à lui. Le bureau est froid, mais étant donné le volcan qui brûle à l'intérieur de moi, la sensation est plutôt agréable. Il caresse mes fesses avant de s'exclamer :

— Vous avez un postérieur absolument magnifique Krys !

La phrase n'a pas l'air comme ça, mais la façon dont il l'a prononcé était tellement sexuelle que je ne peux m'empêcher de frémir, des milliers de frissons parcourent tout mon corps et la chaleur est désormais monnaie courante.

— Ne bougez pas !

Alors je l'écoute, je reste affalée sur la table, le cul à l'air, les jambes grandes ouvertes et complètement brûlantes de désir. Il fait le tour de son bureau et lorsque je le vois sortir une cravache manche martinet, mon excitation augmente d'un cran.

Pourquoi a-t-il une cravache dans son bureau ?

Je crois que je préfère ne même pas savoir.

Robyn revient se placer derrière moi et me retire le string de la bouche.

— Maintenant vous pouvez exprimer votre désir à haute voix. Je veux entendre à quel point je vous donne du plaisir !

Il caresse mon fessier avec une grande délicatesse, me chatouille avec la cravache. Et lorsqu'il claque mes fesses une première fois, je suis agréablement surprise, car je m'attendais à ce que ce soit douloureux. Mais c'est tout le contraire, mon corps est carrément réceptif et j'en veux plus, donc je pousse mon cul vers lui pour lui faire comprendre que je ne veux pas qu'il s'arrête.

C'est si bon !

— Vous aimez ça Krys ? Je veux vous entendre dire que vous aimez.

Je gémis tumultueusement pour seule réponse et il frappe le martinet sur mon postérieur une seconde fois, puis une troisième, une quatrième jusqu'à ce que je perde le compte tant je suis envahie par un état d'extase jamais encore atteint de toute ma vie.

J'entends un bruit, comme si quelque chose venait de tomber au sol alors je me retourne et je croise le regard de Robyn.

Il a plutôt l'air d'aller mieux.

Je me mets face à lui et il m'embrasse avec moins de férocité. Il doit sans doute avoir remarqué que je suis encore un peu étourdie par ce qu'il vient de me faire, mais je suis insatiable.

Et comme s'il lisait dans mes pensées, il s'accroupit au niveau de mon intimité et insère en moi son majeur, d'abord lentement. Puis, il accélère ses mouvements à mesure que les secondes défilent. Je fais mon maximum pour ne pas hurler, mais lorsqu'il fait pénétrer un second doigt dans ma fente, je suis incapable de retenir mes cris de plaisir ni même les tressaillements de mon corps qui en résultent.

Il sourit désormais malicieusement, ses yeux ne me lâchent pas du regard et sa main droite poursuit ses va-et-vient en moi avec frénésie tandis que ses lèvres charnues agacent de nouveau mon clitoris comme la plus délicate de toutes les gourmandises. Je jouis sur ses doigts dans un râle, mes jambes tremblent sans que je ne parvienne à les contenir et ma tête se trouve littéralement dans une autre dimension.

Robyn me descend du bureau avec douceur en me tenant par la taille et m'embrasse tendrement.

— Vous êtes magnifique Krys, j'espère que vous en êtes consciente.

— Vous dites ça parce que vous m'avez donné plusieurs orgasmes ?

— Non je dis cela parce qu'avant vous, aucune femme n'avait jamais été aussi belle lorsque je la faisais jouir.

Ce type veut que je me liquéfie c'est pas possible !
— Hmmm.

Il me fait tellement d'effet que je n'arrive pas à penser correctement. Mes mains descendent le long de son torse jusqu'à atteindre les boutons de son pantalon. Je ne prends que quelques secondes avant de libérer son érection. Je n'ai jamais vu un sexe aussi impressionnant de toute ma vie. Il a les proportions parfaites, ses bourses ne sont pas trop grosses, sa verge est longue est épaisse, mais juste ce qu'il faut pour me satisfaire. Je prends son pénis dans mes mains quand tout à coup, son téléphone se met à sonner. Il raccroche directement, mais la personne appelle une seconde fois :

— Fais chier putain ! C'est Natacha, je suis désolé Krys, mais il faut que je réponde, elle ne m'appelle jamais à moins qu'il y ait quelque chose d'important.

Il a l'air vraiment confus et c'est seulement à ce moment-là que je réalise ce qui vient de se passer. Mon patron vient de m'offrir le plus bel orgasme de toute mon existence au dernier étage de son bâtiment.

Seigneur !

Je n'aurais jamais dû me laisser tenter parce que maintenant, j'en veux *vraiment* encore plus…

J'enfile ma culotte pour quitter son bureau, mais Robyn me fait signe de rester. Je sais qu'il est au téléphone avec Natacha, mais il a l'air catastrophé.

— Putain de merde, j'avais complètement oublié ! Fais-les patienter le temps que je parle à Krys. Nous arrivons dans cinq minutes à peine.

Il raccroche et vient me rejoindre sur le canapé avant de s'adresser à moi :

— Je suis vraiment désolé pour tout ça, je n'aurais jamais dû vous sauter dessus comme je l'ai fait. Je suis désolé d'avoir dû répondre au téléphone alors que vous étiez…

— Je vous arrête tout de suite, vous n'auriez rien fait si je n'en avais pas eu envie. Maintenant dites-moi ce que vous avez à me dire par rapport au lancement de votre collection, vous vous souvenez le projet qui vous rend si fier.

Il sourit à ma provocation et m'explique ce qui va se passer :

— Krys, je pense que vous avez compris que vous m'assistiez dans la rédaction du magazine, mais ce n'est pas tout, et à partir d'aujourd'hui, vous allez découvrir toute l'étendue de mes attentes. Tout d'abord, j'aimerais préciser certains points avec vous.

— Je vous écoute.

— La collection « Femmes influentes » est une collection de grande envergure du fait de la multiplicité des thèmes que j'aborde. Par conséquent, vous l'aurez bien compris, chaque numéro n'est qu'un avant-goût de ce que sera le magazine final. D'autre part, la collection sera en vente seulement quand tous les numéros seront parus. Je ne suis pas encore sûr du nombre de numéros qu'il y aura parce que j'ai mis beaucoup d'idées sur le papier. Mais notre objectif à tous est le magazine final qui sera une compilation de chacun des numéros de la collection « Femmes influentes ». Et je finirais en disant que je me fiche royalement de ce que les gens peuvent penser d'un magazine qui fait la promotion d'une collection que personne n'a encore jamais vue. Je suis le numéro un et ce n'est pas pour rien. Donc je veux que vous fassiez tout ce que je vous demande sans vous soucier de ce qui est dit dans la presse.

Je ne comprends pas tout à fait où il veut en venir et pourquoi il me dit tout ça, mais je l'écoute attentivement.

— Vous allez me suivre au neuvième pour assister à votre première réunion de lancement de projet. La semaine va être vraiment très intense alors je veux que vous soyez préparée mentalement à la quantité de travail qui vous attend.

Il s'arrête de déblatérer tous ces trucs auxquels je ne comprends pas grand-chose et je reste abasourdie devant la façon dont il s'est adressé à moi alors qu'à peine dix minutes avant, il avait ses doigts bien confortablement installés dans mon vagin.

Quel connard !

20- Robyn

Quand je raccroche, mes nerfs sont encore plus à vif qu'avant de croiser ces vautours de journalistes. Je n'ai rien en particulier contre les personnes qui exercent cette profession, bien au contraire. Plusieurs journalistes extrêmement doués travaillent pour moi et fournissent un travail admirable. Mais d'autres sont réellement à côté de la plaque, il faut dire les choses comme elles sont. Par exemple, l'un d'entre eux a sous-entendu que l'unique volonté de ma collection « si elle [existait] », était de mettre les femmes dans mon lit. Je déteste que les gens fassent des raccourcis trop rapides. J'aime les femmes en effet, c'est un fait indubitablement indéniable. Mais ma collection n'a rien à voir avec une quelconque volonté d'attirer le sexe opposé sous mes draps.

Je n'ai pas besoin de ça !

Et de toute manière, la seule femme qui suscite mon intérêt se trouve juste devant moi.

Je n'arrive pas à croire que j'ai réussi à oublier cette réunion. C'est vraiment la première fois que cela m'arrive et je sais pertinemment que la présence de Krys n'y est pas pour rien. Quand les journalistes m'ont alpagué tout à l'heure, je n'avais qu'une envie, c'était de me retrouver en elle, qu'elle me libère de ma colère. Et quand je l'ai aperçue dans sa robe d'été mi-longue, je n'ai pas eu le courage de lui résister parce que je savais qu'elle en mourrait d'envie aussi.

Son corps tremblant, ses gémissements à répétition, ses mains sur mon sexe...

Et maintenant, voilà que je me comporte de nouveau comme un gros con avec elle parce que je n'arrive pas à contenir ma frustration.

Qu'est-ce qui ne tourne pas rond chez moi bordel ?

Krys me suit dans le couloir puis dans l'ascenseur sans un mot. J'essaye de capter son attention, mais elle a visiblement la ferme intention de m'ignorer alors je romps le silence :

— Vous pensez que je suis un connard ?

— Je n'ai pas besoin de penser quelque chose qui est avéré. Mais puisque vous me demandez mon avis, sachez que je n'apprécie pas du tout que vous sortiez vos doigts de mon intimité pour m'aboyer dessus juste après. Je ne suis en rien responsable de la horde de journalistes qui se trouvaient dehors. Vous êtes le plus grand créateur de mode que le monde ait connu jusqu'à ce jour et vous sortez une collection exclusivement féminine pour la première fois ! À quoi vous attendiez-vous ? Et puis ce n'est pas comme si c'était la première fois que vous aviez à faire à des journalistes, n'est-ce pas monsieur Laynn !

Elle est vraiment très énervée, ça ne fait aucun doute !

Habituellement, je n'aurais jamais laissé quiconque me parler de la sorte, encore moins un employé. Mais cette fois-ci, je n'ai rien à répondre parce qu'il s'agit de Krys et qu'elle a raison sur toute la ligne. Je vais avoir vingt-neuf ans dans un mois et je ne suis pas capable de gérer mon irritabilité alors que je suis patron de la plus grande multinationale de mode de l'an 2000. C'est franchement déplorable d'autant plus que ce genre de chose ne m'arrivait pas avant dc la rencontrer.

Alors je ne dis rien, je tente de m'approcher d'elle, mais elle me stoppe net :

— N'y pensez même pas ! Je suis professionnelle, donc j'effectuerai mon travail correctement, je donnerai mon avis lorsque je trouverai qu'une publication ne convient pas, ou qu'un article est mauvais ou trop peu représentatif du sujet, je vous seconderai sur tous les plans, je répondrai au téléphone si vous le désirez, je dessinerai même pour vous si c'est ce que vous me demandez. Mais pour l'heure, sachez que c'est la dernière fois que vous me parlez de cette façon sans que je ne réagisse. Je suis votre employée, mais je ne suis pas votre *punching-ball*. Vous ne pouvez pas me doigter d'une main de maître puis devenir si marmoréen dans la seconde suivante, ce n'est pas possible !

Il faut que je la détende...

Sa dernière phrase attire tout particulièrement mon attention et je pense qu'elle appréciera une petite touche d'humour :

– Krys ?

Elle tourne sa tête pour me regarder, mais son visage affiche une mine exaspérée.

J'ai pas intérêt à merder.

– Je peux recommencer si vous voulez ?

Elle est désormais dubitative :

– Recommencer quoi, de quoi parlez-vous ?

– À vous « doigter d'une main de maître », si cela peut vous rendre service.

Pourquoi a-t-elle l'air si enjouée à présent ?

— Non ça ira Robyn, je vous remercie. D'ailleurs, c'est bien que vous en parliez ! Vous aimez dominer et moi j'aime tout contrôler alors j'espère que vous avez bien profité de mon cookie parce que vous n'y aurez plus droit tant que je n'en aurais pas décidé autrement.

Et merde ! Quand des mots aussi provocateurs sortent de sa jolie bouche, j'ai juste envie de faire l'ascenseur tomber en panne pour la faire hurler mon prénom sans relâche contre les parois froides de ce monstre de métal. Je voudrais lui faire savoir qu'elle a le contrôle seulement parce que je lui en donne la possibilité. C'est vraiment ce qui m'excite le plus.

T'as vraiment un grain mec !

Nous arrivons dans la salle de réunion, l'équipe se présente à Krys qui n'a pas encore eu l'occasion de faire leur connaissance puis nous entrons directement dans le vif du sujet.

Au bout d'une heure et demie, toutes les directives ont été données par Krys et moi-même quant à la sortie du prochain numéro de la collection « Femme influentes ». Les derniers détails relatifs à la sortie du numéro deux ont été réglés, seule l'interview de Krys avec Becky Books manque à l'appel. Cette dernière n'avait pas de créneau avant mercredi après-midi. Le timing va être serré, mais je suis sûre que Krys fera de l'excellent travail. D'ailleurs, je dois dire qu'elle a été impressionnante, on aurait dit qu'elle avait assisté à ce genre de réunion toute sa vie.

Je passe le reste de la journée à courir d'un étage à l'autre du bâtiment pour m'assurer que tout se passe comme je veux. J'ai une grande confiance envers mes employés. Mais j'ai appris par l'expérience que l'encadrement est toujours nécessaire pour qu'une entreprise fonctionne correctement. Si je suis le numéro un depuis aussi longtemps, c'est bien parce que je demande l'excellence à toutes celles et ceux qui ont la chance de travailler pour moi.

Le mardi est une journée encore plus chargée que la veille. Le mot d'ordre aujourd'hui est « création ». J'ai des millions d'idées en tête et bon nombre d'entre elles ont trouvé leur place sur le papier. Mais j'ai besoin de voir mes pièces grandeur nature et de prendre les mensurations de femmes aux morphologies diverses et variées afin de proposer la plus large gamme de tailles possibles.

Je crois d'ailleurs que les ateliers de Laynn Agency sont l'endroit que je préfère dans tout le bâtiment comparé à une « vraie maison de couture » comme celle des frères Johnson. Ils ne sont pas immenses bien que répartis sur trois étages, mais c'est définitivement l'endroit où j'aime passer le plus clair de mon temps. Lorsque je termine les croquis d'une collection, c'est toujours ici que je viens pour donner vie à mes créations, qu'il s'agisse de la prise des mesures, de la construction du vêtement sur papier puis sur tissu, de la toile réalisée pour les premiers essayages, de la couture, des retouches, etc. Plusieurs, modélistes, couturières, designers et habilleuses travaillent avec moi, mais les produits finaux ne sont jamais réalisés au sein de mon entreprise.

Ma mère a toujours mis un point d'honneur à séparer la partie créative de la réalisation finale des produits et cela m'a constamment paru judicieux. D'une part parce qu'il n'y aurait jamais eu la place d'entreposer toutes les pièces. Mais également parce que Laynn Agency, en plus d'être une maison de création, est également un journal donc autant vous dire que je n'aurais jamais eu le temps de m'occuper de tout moi-même.

L'organisation est déjà suffisamment complexe comme ça !

C'est pour cette raison que la Johnson's Thimble House s'occupe des prototypes et de la fabrication en série de tous mes vêtements, que Krys est à la tête de la rédaction du magazine, que Natacha gère mon agenda, mes emails ainsi que l'ensemble de mes réseaux sociaux. Et que Jayce s'occupe du maquillage et de toute la partie modeling, c'est lui qui se charge de me trouver les plus jolies perles rares qui circulent dans les rues de Londres. Je dois admettre qu'il est particulièrement doué pour les dénicher, mes défilés sont souvent appréciés notamment en raison de la beauté de mes mannequins.

Quoi qu'il en soit, il est primordial pour moi que ma collection soit adaptée à toutes les morphologies. Je trouve que la mode a pendant trop longtemps véhiculé une fausse image de ce que devait être le corps de la femme. Or, lorsqu'on se fie à la réalité des choses, le corps de chacune d'entre elles est différent, différent par sa forme, par son histoire, par la façon dont on veut le vêtir, parfois prêt du corps et d'autres fois pas du tout. Ce n'est pas pour rien que les grandes enseignes proposent des vêtements allant des plus petites tailles aux plus grandes tailles et mon intention est tout aussi noble. La mode ne devrait pas enfermer les esprits dans une conception erronée de la réalité et faire croire à celles qui ne collent pas au tableau, qu'elles n'ont pas le corps adapté pour se vêtir de certaines tenues.

Au contraire, je veux que mes créations soient portées par toutes ces magnifiques créatures, qu'elles soient minces, fortes, grandes, petites, masculines ou plus féminines, avec de longues jambes, avec une forte poitrine ou une poitrine peu développée… Je veux toutes les satisfaire, ne faire aucune envieuse, je veux qu'elles trouvent dans ma collection, l'assurance qui leur manque parfois pour constater à quel point elles sont remarquables.

Le jour suivant défile à une vitesse ahurissante et jeudi, lorsque je retourne au bureau, je passe en revue chaque page du numéro deux ***La mode, premier accessoire de la businesswoman***. La couverture est spectaculaire, je savais que le shooting dans la Banque d'Angleterre était une idée de génie !

Une fois de plus, Krys a réalisé un travail carrément incroyable surtout qu'elle n'a jamais manœuvré dans un journal auparavant, et encore moins en tant que rédactrice en chef d'un magazine. Je suis scotché par la façon dont elle a remodelé certains articles, celle dont elle a embelli des accomplissements féminins, etc.

De plus, l'interview qu'elle a réalisé avec Becky Books est une véritable réussite. Et pourtant, je sais qu'il n'est pas facile d'écrire un article concis mais détaillé sur une personne qui nous a donné une montagne d'informations. *Cette femme est vraiment talentueuse.* Je crois que mon passage préféré de l'interview est celui où Krys a posé une question qui ne faisait pas partie du guide d'entretien que je lui ai communiqué :

« **En tant que femme, quel message avez-vous à faire passer à celles qui veulent se lancer dans le milieu de l'édition ?**

Je dirais tout simplement aux femmes que dans un monde très masculin, il est important de savoir prendre le taureau par les cornes et j'encourage d'ailleurs toutes les jeunes femmes, mais aussi tous les jeunes hommes (*rires*), à prendre la plume lorsqu'ils en éprouvent le besoin. Selon moi, l'écriture est le meilleur moyen d'expression qui puisse exister, car les écrits restent et résistent au temps contrairement à la parole qui n'est en réalité qu'éphémère.

Je pense qu'il n'existe pas de rêves qui soient trop grands pour l'Homme ni d'aspirations qui soient trop ambitieuses pour les jeunes gens ; il y a simplement des gens qui osent et d'autres qui se contentent de songer à ce à quoi ils aspirent. J'avais 23 ans lorsque j'ai décidé de créer ma maison d'édition et j'en ai désormais le double. Donc mon chemin avant le succès a été long, il a été périlleux et parfois semé d'embûches. Mais si aujourd'hui je suis là devant vous, c'est que je suis pleinement épanouie dans ma carrière, et surtout que j'ai réussi ; en tant que femme, mais aussi en tant qu'épouse et mère de mes trois adorables petites merveilles ».

Quand Krys fait son apparition dans mon bureau, je la trouve ravissante. *Pour ne pas changer !* Elle porte un tailleur-pantalon rose dragée qui épouse parfaitement sa silhouette.

— Bonjour Robyn, voici ce que vous m'avez demandé hier. Nous avons pensé à pas mal de choses pour ce numéro, en nous basant sur vos directives, les quelques rubriques que vous m'avez suggérées, vos dessins ainsi que ceux que vous avez choisis dans la boite à idées.

Elle me tend le moodboard réalisé pour le numéro trois. Je le feuillette, il y a énormément de bonnes choses, d'autres me conviennent un peu moins, mais dans l'ensemble, c'est très encourageant et je tiens à lui faire savoir :

— Tout cela m'a l'air vraiment pas mal Krys.

— Je vous remercie, je vous laisse jeter un œil à notre travail plus en détail. Je retourne bosser.

— Vous ne vous arrêtez jamais n'est-ce pas ?

— Et vous alors ?

Je rigole à cette répartie plus que représentative de la réalité, puis rétorque :

— Vous avez raison, la nature nous a fait ainsi, je ne pense pas que ce soit une mauvaise chose. Mais avant de vous remettre à « bosser » comme vous dites, j'aimerais vous faire visiter le bâtiment. Je n'ai jamais pris le temps de le faire parce que ces derniers jours ont été vraiment très chargés…

Elle sourit de son visage si angélique et me réponds d'une voix douce, presque enfantine :

— Avec plaisir Robyn !

Et je ne peux m'empêcher de sourire avec elle parce qu'à l'instant T, je la trouve terriblement mignonne.

— Suivez-moi, nous allons commencer par le huitième étage.

Je me lève pour me diriger vers l'ascenseur, mais Krys me stoppe net :

— Robyn, attendez !

— Qu'y a-t-il ?

— Rien, mais j'avais juste envie de faire ça :

Et sans un mot de plus, ses lèvres atterrissent sur les miennes. Notre baiser est brutal et nos bouches sont avides l'une de l'autre. C'est la première fois que Krys et moi nous embrassons depuis lundi et même si j'ai du mal à l'admettre, tout cela m'avait manqué. Bien entendu, je ne lui dirais jamais. Elle a déjà pris bien trop de place dans ma vie et dans mon esprit, en une semaine !

C'est effrayant !

Voilà à peine une minute que nous nous embrassons et Krys joue dangereusement avec sa jambe sur mon sexe. Honnêtement, je ne savais pas si elle le faisait exprès jusqu'à ce qu'elle s'arrête de m'embrasser pour caresser l'érection naissante à travers mon pantalon. Et une fois de plus, elle me surprend en descendant ma fermeture éclair pour en sortir ma queue, laquelle atterrit au fond de sa gorge en moins de dix secondes.

Je suis foutu !

21- Krys

La semaine commence sur les chapeaux de roues. Robyn me rend dingue dès les premiers instants par sa présence, son doigté, ses baisers à vous couper le souffle et son éternel lunatisme. J'aimerais qu'il comprenne que malgré ce qui se passe entre nous et malgré ma position de première assistante encore toute fraîche chez Laynn Agency, je n'accepte pas le manque de respect.

Encore moins quand il est injustifié.

Bon, j'ai un peu exagéré en utilisant le terme « punching-ball », mais j'étais très énervée. Et puis il n'y a rien de mal à vouloir marquer suffisamment l'esprit d'un homme pour qu'il réfléchisse à deux fois avant de se comporter de nouveau comme un idiot. Cela me rappelle la fois où il s'était montré glacial avec moi lors de mon premier jour, pour ensuite m'avouer qu'il voulait me baiser.

Il ne réfléchit pas vraiment de la même manière que tout l'monde.

Mais malgré cela, je ne peux m'empêcher d'être attirée par cet homme, il peut parfois faire preuve d'une douceur tellement réconfortante. Et je n'ai jamais vu un homme me regarder avec autant d'admiration – sans même s'en cacher – devant les visages les plus importants de son entreprise et en pleine réunion. *« Vous m'avez vraiment bluffé Krys, toutes mes félicitations ! ».* Cette phrase de Robyn après la réunion de lancement des projets m'a fait vraiment chaud au cœur. Au-delà des mots, je trouve qu'elle marque une réelle gratitude de mon patron envers mon travail et cela me rend vraiment heureuse.

Je rentre complètement lessivée par cette première journée de travail surtout que la semaine dernière, j'étais très loin de m'imaginer que Robyn comptait sur moi à ce point pour le lancement de sa nouvelle collection.

Lorsque j'arrive au travail mardi matin, j'ai à peine le temps de m'asseoir que le téléphone de mon bureau se met à sonner. *Déjà, mais je viens à peine d'arriver !*

– Allô ?

– Bonjour mademoiselle Ravis, comment allez-vous aujourd'hui ?

– Robyn ?

— Lui-même.

Je ne peux me retenir de rire parce qu'il parle d'une drôle de voix, comme s'il ne voulait pas que je le reconnaisse.

— Je vais bien merci, pourquoi m'appelez-vous ?

Je n'entends plus rien, je répète « allô », mais personne ne répond quand soudain, Robyn apparaît dans mon bureau :

— Je voulais vous saluer avant de vous expliquer ce que nous allons faire aujourd'hui.

Je trouve cette attention vraiment charmante.

Il faut croire qu'hier lui a véritablement servi de leçon.

— Je suis tout ouïe, vous n'avez qu'à me dire ce que vous attendez de moi.

— J'ai examiné vos dessins et je dois dire qu'au-delà de ma surprise quand j'ai constaté que vous aviez un réel coup de crayon, beaucoup de vos idées rejoignent les miennes. C'est la raison pour laquelle je veux vous donner carte blanche pour choisir les thèmes que vous voudrez aborder dans le numéro trois de la collection « Femmes influentes ».

Je tombe complètement des nues, je ne m'attendais pas du tout à ce qu'il me confie une tache aussi déterminante pour sa collection. *Je ne sais pas si je serai à la hauteur de ses exigences*. Non pas que je n'ai pas confiance en moi, mais on parle quand même de la ligne éditoriale de tout un numéro là, ce n'est pas rien. *Mon Dieu...*

— Krys vous n'avez aucune raison de paniquer, je vous assure. Vous ne serez pas seule, je vous accompagnerai tout au long du processus d'élaboration du magazine.

— Vous êtes conscient que je n'ai jamais été rédactrice en chef d'un journal ni même journaliste tout court ? La seule expérience que j'ai acquise me vient de l'école de monsieur Pialini, mais je ne pense pas que…

— Vous ne pensez pas que quoi ? Que je sois suffisamment stupide pour confier la gestion d'un numéro à quelqu'un qui n'est pas qualifié. Voyons Krys, vous êtes pleine d'assurance alors faites-vous confiance même s'il s'agit d'une première fois. Tout le monde a dû se lancer à un moment donné avant d'exceller et je n'ai absolument aucun doute sur vos capacités à mener à bien ce travail. Si vous avez besoin d'une aide quelconque ou si vous avez une question, je serai dans les ateliers entre le onzième et le treizième étage. La rédaction se trouve au huitième donc vous pourrez vous y rendre lorsque vous aurez établi l'angle éditorial.

Seigneur !

Je n'arrive pas à y croire, je suis partagée entre l'excitation et la peur panique, mais je n'aurais pas pu rêver meilleure opportunité de montrer à Robyn ce dont je suis capable.

— Je vous avoue que je suis tétanisée, mais si vous avez foi en moi pour mener à bien votre projet, alors je crois que le moins que je puisse faire, c'est de faire tout mon possible pour vous éblouir !

— Je n'en attendais pas moins de vous.

Il refait encore son sourire de beau gosse et même si je compte bien lui résister encore un peu, je ne peux m'empêcher d'avoir le rouge qui me monte aux joues.

Et je vous assure que tout cela n'a strictement rien à voir avec la gêne.

— Merci.

— Vous avez des questions ?

— Pour le moment, je crois que ça va.

— Très bien, je vous laisse travailler dans ce cas.

— Attendez Robyn, que pensez-vous du titre *« **Et si la haute couture n'était plus incompatible avec vos menstruations** »*

— Vous voyez, vous avez déjà le titre de votre magazine, donc vous n'avez aucune raison de douter de vous.

— Mon magazine ?

— Vous m'avez compris, ne jouez pas sur les mots.

— Pourtant vous me demandez d'utiliser les mots pour que les gens aient envie au maximum d'acheter votre magazine chaque semaine, et par extension, votre collection lorsqu'elle sortira.

— Vous savez Krys, je vous punirais pour votre insolence à répétition.

— Je n'en attendais pas moins de vous.

Il me fait de nouveau son sourire à faire tomber toute la population londonienne à ses pieds, femmes et hommes confondus, puis il s'en va.

Je reste quelques secondes la tête dans mes pensées : je suis littéralement en train de succomber aux charmes de mon patron si terriblement sexy. D'ailleurs, je suis bien plus inspirée pour écrire un journal de bord sur le cul, que pour composer sur les règles, mais je me mets au travail sans tarder.

Tu penseras à Robyn plus tard ma jolie, car l'heure n'est pas à la rêverie, mais bien à l'édification d'un magazine !

Je multiplie les recherches, m'inspire des dessins de Robyn, des miens et de ceux des autres collaborateurs, observe les dernières tendances en vogue, fait le tour de la presse people pour trouver la pépite qui illustrerait la troisième thématique de la collection « Femmes influentes », etc.

Au final, ma journée a été plutôt productive, j'ai établi le chemin de fer du magazine afin de ne pas trop m'égarer, car de nombreux sujets peuvent être abordés s'agissant des femmes et de leurs règles.

En gros, j'ai tout d'abord fait en sorte d'orienter le magazine sur une approche douce des menstruations et de la façon dont la mode peut épauler la femme pour lui éviter le genre d'embarras auquel j'ai moi-même été confrontée.

Dans un second temps, j'ai mis en avant des idées d'articles qui seraient plus denses, par exemple au sujet des femmes qui font de l'endométriose et qui, malgré tout, ont décidé de faire de cette maladie une force. J'avoue que je n'ai pas été en mesure de définir le volume rédactionnel et graphique du magazine, mais à ma décharge, Robyn n'avait pas l'air d'en faire sa priorité :

— Nous verrons cela demain Krys, vous pouvez d'ores et déjà communiquer votre travail à l'équipe de rédaction.

Il est en train de retoucher un vêtement sur un modèle vraiment splendide, donc il me regarde seulement par coups d'œil.

— Vous ne voulez pas voir ce que j'ai fait avant que je transmette le tout à la rédaction, au moins s'agissant des rubriques ?

— Vous finirez peut-être par comprendre à un moment donné que j'ai confiance en votre travail. De plus, Natacha m'a informé que vous aviez de drôles d'idées parfois, mais qu'elles trouvaient bien leur place sur le papier donc je ne me fais pas vraiment de soucis.

Natacha ?

Je ne pensais pas qu'elle aurait un avis aussi positif sur mon travail, je suis un peu surprise, mais je suis contente d'avoir fait appel à elle.

— Très bien. Dans ces cas-là, je vous laisse.

Il laisse sur le côté ce qu'il est en train de faire pour me raccompagner jusqu'à l'ascenseur, là où personne ne peut nous voir.

— À demain ma belle.

— À demain beau gosse.

Il attrape ma main avec douceur et y dépose un délicat baiser avant que l'ascenseur ne se referme.

Le lendemain, je travaille effectivement avec Robyn et l'équipe de rédaction. Je fais également la rencontre de Becky Books pour l'interviewer. Cette femme est incroyablement intelligente, elle est pleine de gentillesse, de bienveillance et de bonnes énergies. Et puis, son parcours est une preuve de plus que le travail acharné finit toujours par payer. Becky s'est lancée alors qu'elle n'avait pas de grands moyens, et désormais elle a bâti son empire et les affaires marchent très bien pour elle. Sincèrement, je suis heureuse que Robyn m'ait permis de faire son interview. *« Je ne pense pas qu'il y ait de meilleure personne que vous pour dresser le portrait de Becky Books, après tout je crois que vos rêves s'entrecroisent »*.

À la fin de la journée, je suis fière de constater que le numéro trois prend forme petit à petit. Nous sommes parvenues à établir le moodboard du journal.

Ça n'a pas été une mince affaire, croyez-moi.

C'est fou de réaliser comment plusieurs centaines d'idées peuvent se rejoindre, se compléter jusqu'à former un tout ordonné et cohérent. D'ailleurs, je comprends mieux à présent l'utilité de la boite à idées que Robyn a mise en place ; elle regorge de créativité, de concepts divers et variés, de croquis en tout genre. C'est bien sûr sans compter les propositions qui n'ont ni queue ni tête.

Je passe la soirée à regarder des conneries à la télé, sauf qu'à un moment donné je craque. Je n'arrête pas d'imaginer un nombre incalculable de scénarios où Robyn me fait découvrir la domination pour satisfaire mes désirs et les siens. J'ai déjà été dominée par des hommes lorsque je me prostituais, mais jamais de façon à ce que mon plaisir soit une priorité, je n'étais qu'un produit sexuel et je crois que cela m'allait très bien.

Ce soir, plus que tous les autres, je n'ai pas envie de faire taire mes envies alors je me dirige dans ma chambre pour récupérer sous mon lit ma « *juicy box* » comme je l'ai surnommé. Inutile de vous faire un dessin, je pense que le nom parle de lui-même. Cette boîte contient plus d'une vingtaine de sex-toys de toutes sortes et de toutes tailles : des vibromasseurs, un plug anal, des godes, j'ai même des boules de geisha, mais je n'ai pas encore eu l'occasion de les utiliser.

Ma soirée n'est que luxure, je me donne des orgasmes à répétition pendant une bonne heure et demie à tel point qu'après la douche, je tombe de fatigue.

Je me réveille avec un appétit sexuel bien plus exacerbé que la veille et lorsque je me mets en route vers Laynn Agency, je n'ai qu'une idée en tête : offrir à Robyn la meilleure pipe de son existence. Et je compte bien ne pas y aller de main morte quitte à lui aspirer son âme sur notre lieu de travail.

T'es vraiment une barjo Krys !

Après avoir examiné le travail que les rédacteurs et moi-même avons réalisé, Robyn me propose de visiter le bâtiment, mais ma bouche atterrit très rapidement sur sa bite, repoussant de quelques minutes ma visite des locaux de Laynn Agency. Je le suce voracement en le branlant simultanément de mes mains qui paraissent minuscules à côté de sa virilité énorme. Je sens qu'il est tout prêt et d'ailleurs, il n'hésite pas à me le faire savoir :

— Arrêtez-vous Krys, je ne vais plus pouvoir vous résister encore longtemps.

Mais je n'en ai pas fini avec lui, je lève les yeux dans sa direction et continue de faire rouler ma langue le long de sa verge tout en malaxant ses bourses de ma main droite. Et quand je sens le liquide chaud et visqueux se déverser dans ma bouche, j'aurais pu jurer que j'ai ressenti autant de plaisir si ce n'est plus que lui.

Il a un goût sucré, un peu comme de l'ananas ou de la banane.

— Vous avez très bon goût Robyn et maintenant nous sommes quittes !

Je suis extrêmement satisfaite de ma prestation, je dois le reconnaitre. Robyn a l'air ailleurs, je crois qu'il peine à se remettre de ses émotions et je trouve ça terriblement amusant.

— Vous êtes dangereuse Krys, et je parle ici du danger au sens le plus strict du terme.

Je lui souris espièglement puis rétorque :

— Bon on la fait cette visite, parce que c'est pas tout ça, mais j'ai du travail qui m'attend !

Il se contente de me sourire avec malice et me laisse passer devant lui pour prendre l'ascenseur.

À peine une heure plus tard, lorsque je retourne à la rédaction pour poursuivre l'élaboration du magazine, je suis tout simplement heureuse et épanouie. J'exerce le boulot de mes rêves, mes collègues sont vraiment sympas, volontaires et toujours prêts à me prêter main-forte et puis il y a Robyn… Cela fait maintenant une semaine que j'ai intégré Laynn Agency, une semaine que je rêve de coucher avec mon patron, une semaine que je rêve de domination à chaque fois que je l'aperçois. *Une semaine que tu baves devant lui comme une adolescente surtout !*

AVANT DE RENTRER CHEZ VOUS, PASSEZ ME VOIR DANS MON BUREAU S'IL VOUS PLAIT !

Je range mes affaires puis me dirige au dixième comme Robyn me l'a demandé dans son message.

Pourquoi veut-il me voir là maintenant tout d'suite ?!

— Merci d'être venu aussi vite.

— J'ai cru comprendre que c'était important.

— En effet, c'est de la plus haute importance.

Il se lève de sa chaise, contourne son bureau pour venir se placer à quelques centimètres de moi, puis reprend la parole :

— Je veux vous voir ce soir.

Je ne suis pas bien sûre de comprendre la portée de sa phrase alors je l'interroge :

— Comment ça ?

— Que diriez-vous de diner chez moi ce soir ?

Je lui réponds d'une voix sulfureuse :

— Êtes-vous sûr de vouloir que la soirée s'arrête au diner ?

Il fait son sourire en coin habituel avant d'affirmer :

— C'est un oui ou un non ?

— Ben alors, je vois que monsieur s'impatiente !

Son expression est à mi-chemin entre l'agacement et l'hilarité :

— Ce que vous pouvez être pénible !

Je ne peux contenir mon rire cette fois-ci car la situation est vraiment amusante.

— Je veux bien diner chez vous ce soir Robyn à condition que vous me fassiez à manger, vous savez cuisiner n'est-ce pas ?

— Entendu. Tenue ultra sexy exigée sinon je serais dans l'obligation de vous laisser sur le pas de la porte.

— Vos désirs sont des ordres !

22- Robyn

La sonnerie de ma porte d'entrée retentit à 21 h précises, je m'empresse d'aller ouvrir pour ne pas laisser Krys patienter trop longtemps dehors. Et lorsque je l'aperçois, je suis subjugué par sa beauté *encore une fois.* Elle porte une robe rouge moulante sans manche qui épouse magnifiquement chaque trait gracieux de sa silhouette. Et ses cheveux sont différents, ils ne sont plus la touffe parfaite et bouclée qu'ils sont habituellement, au contraire, ils viennent se poser en une délicate chute dorée le long de son dos.

— Vous comptez me laisser entrer ?

Cette phrase me sort de mes pensées en deux secondes :

— Oui, bien sûr ! Je vous l'ai répété plus d'une fois, mais vous êtes vraiment éblouissante Krys. Les cheveux lisses vous vont bien.

— Merci Robyn. Vous êtes très charmant aussi, le bordeaux vous va comme un gant.

— Je vous débarrasse de votre veste et de votre sac.

Comme à son habitude, Krys regarde un peu partout autour d'elle pendant qu'elle s'engage dans une mini visite improvisée de mon loft, son regard s'arrête sur le tableau accroché au-dessus de mon canapé.

– Vous aimez la peinture ou ce magnifique tableau de Van Gogh est là juste pour décorer ?

Cette question me fait beaucoup rire, mais étant donné ma fortune, je peux comprendre qu'elle s'interroge sur ma capacité à apprécier une œuvre d'art lorsque j'en vois une.

– En réalité Krys, je suis un très grand amateur d'art, vous verrez que *La Nuit étoilée* n'est pas le seul tableau que je possède. Venez vous asseoir, notre diner va refroidir.

Je tire la chaise pour qu'elle s'asseye comme le gentleman que je suis, puis lève la cloche pour la laisser découvrir son plat. Elle a l'air époustouflée.

– Ça sent vachement bon. Qu'est-ce que c'est ?

Je lui réponds fièrement :

– Cannellonis d'asperges et jambon fumé accompagnés d'un magret de canard au miel et vinaigre balsamique du chef pour vous servir, madame.

— Mmmh, ça m'a l'air vraiment appétissant. Vous êtes un vrai professionnel de la cuisine Robyn ! Vous ne voulez pas vous asseoir pour que nous puissions manger. Je suis affamée.

Elle est comme une enfant, c'est très comique.

— J'ai quelques notions, je l'admets. Voulez-vous du vin ?

— Tout dépend de ce que vous avez à me proposer ?

— J'ai acheté du Chardonnay, si cela convient à madame.

— Continuez de m'appeler madame, j'aime beaucoup, et oui je veux bien que vous me serviez.

— Un Chardonnay pour madame !

— Ce mot sorti de votre bouche sonne vraiment très sexy.

— Ne me cherchez pas Krys, vous devez manger. Croyez-moi, vous me remercierez plus tard.

Elle se mord les lèvres comme elle le fait si souvent, ce simple petit geste me rend carrément dingue. *Reste concentré sur la nourriture Robyn, tout va bien se passer.*

— Et arrêtez de mordre cette lèvre inférieure ou je vous jure que ça sera tant pis pour vous si vous n'avez pas le temps de finir votre assiette.

Elle me tire la langue et prend une première bouchée de son plat. Je m'arrête de respirer pendant une seconde, jusqu'à ce que je voie tout son visage sourire lorsque son palais prend connaissance de toutes les saveurs.

— Seigneur ! Robyn, mais c'est exquis !

— Seigneur carrément !

Elle m'envoie son papier dessus.

— Ne prenez pas vos rêves pour la réalité ! Soyons sérieux deux secondes, où avez-vous appris à cuisiner ?

— Avec ma mère et ma sœur, surtout avec Léonie en réalité. D'ailleurs vous me faites penser à elle par moments, ce côté enfantin que vous avez et qui vous rend si douce.

— Vous trouvez que Léonie est douce ?

Qu'elle continue à me provoquer comme ça, elle ne paie rien pour attendre !

— Vous savez très bien que non, ne soyez pas si puérile.

Je prends un air faussement agacé et elle rigole avant de reprendre son sérieux pour me questionner :

— Quel est votre peintre préféré ?

C'est une question que je ne me suis jamais posée, et je crois que je n'ai pas d'autre réponse que celle que je m'apprête à lui donner :

— Je ne peux pas dire que j'ai un peintre préféré en particulier. J'aime *Violon et Raisins* de Picasso, mais aussi *Les Nymphéas* de Monet ou encore *Untitled* de Basquiat. Mais je crois que de toutes les merveilles picturales qu'il m'ait été donné de mirer de mes propres yeux, l'*École d'Athènes* est probablement celle qui m'a le plus frappée.

Elle est à deux doigts de recracher la gorgée de vin qu'elle vient de prendre.

— Vous parlez bien du tableau de Raffaello Santi aussi surnommé Sanzio ?

— Lui-même, pourquoi ? Quel est le problème Krys ?

Je ne comprends pas bien ce qui se passe, mais elle répond à mes questionnements avec honnêteté tout en continuant de déguster son repas :

— Je ne m'attendais pas à ce que ce soit votre tableau préféré tout simplement parce que c'est aussi le mien. Quand mes parents sont morts, j'écrivais beaucoup, mais je lisais aussi beaucoup. J'ai lu Freud et d'autres psychanalystes parce que je voulais comprendre certaines choses qui se passaient dans ma tête. Et j'ai également lu beaucoup de philosophes dont Aristote et Platon, mais aussi Socrate, Sénèque et bien d'autres. Et un jour, je suis tombée par hasard sur une photo de cette fresque digne des plus grands génies de la peinture et je me suis littéralement mise à pleurer toutes les larmes de mon corps. Pas parce que j'étais triste, mais parce que c'était l'une des premières fois où je prenais conscience que mes parents étaient partis, et qu'il fallait que je continue d'être heureuse. Heureuse pour eux, pour moi et en mémoire de tout l'amour qu'ils m'ont donné et de toutes les joies qu'ils m'ont offertes pendant mon enfance.

Elle a l'air soulagée de me faire cet aveu et je suis touché par sa sincérité.

Mec, fais attention là, tu es en train de tomber dans ton propre jeu !

— J'ai rarement entendu quelque chose d'aussi beau. Merci d'avoir partagé cela avec moi, Krys.

— C'est moi qui vous remercie, je devrais me souvenir de ce jour plus souvent.

Elle fait tomber un bout de nourriture par terre et commence à jurer en français. Et quand elle se rend compte que je la regarde, elle a soudain l'air gênée :

— Je suis désolée, je n'aurais pas dû me montrer si vulgaire, je pensais que je m'étais tachée, mais seul votre sol a été victime de ma maladresse.

— Je n'ai pas compris ce que vous avez dit hormis « putain ». Je crois que c'est de cette manière qu'on le dit.

— Alors non, pas vraiment, mais continuez de le dire de cette manière, c'est bien mieux.

Elle se mord encore la lèvre, je crois qu'elle est vraiment sérieuse quand elle dit que mon accent lui fait un effet spécial.

— Est-ce que l'accent de tous les Anglais vous excite autant ou est-ce un privilège qui m'est exclusivement réservé ?

— Vous êtes l'unique heureux élu de ma petite culotte Robyn.

Et maintenant c'est moi qui ne suis pas loin de m'étouffer avec la dernière bouchée du plat que j'ai concocté :

— Vous êtes surprenante.

— Le suis-je suffisamment pour faire durcir votre queue seulement grâce à mes mots ?

C'est instantané, mon sexe s'agrandit d'un coup et je n'ai pas l'impression qu'il me soit possible de faire machine arrière.

— Vous jouez à un jeu très dangereux, Krys. Finissez votre assiette et nous verrons si vous êtes toujours aussi bavarde.

— Je crois que vous n'êtes pas prêt non plus pour ce qui vous attend.

— Nous verrons cela. En attendant, apprenez-moi à parler français.

Elle me lance un regard noir parce que j'ai une fois de plus omis volontairement de faire preuve de politesse et je suis obligé de rire :

— S'il vous plait Krys. Je vous aurais bien tiré la langue si c'était mon genre.

— Très drôle.

— Bon vous m'apprenez.

— Que voulez-vous savoir ?

— Comment dites-vous par exemple : je veux vous faire jouir jusqu'à ce que vous n'ayez plus de force, que votre bouche soit sèche et que votre corps ne soit plus que coton et guimauve.

Elle se mord la lèvre inférieure et je rêve de balancer le contenu de la nappe par terre pour la baiser ici, tout de suite, sur ma table à manger.

— Je pense que cette phrase est un peu longue pour des débuts en français, vous n'êtes pas d'accord avec moi Robyn ?

Petite aguicheuse !

— Vous n'en avez pas marre de m'allumer sans arrêt ?

— Si vous n'aimez pas, pourquoi êtes-vous si raide dans votre pantalon ?

— Comment le savez-vous ?

— Parce que, ce que ressent votre corps, je le ressens aussi. *Ma culotte est toute mouillée.*

— Quelle est la traduction de cette phrase ?

— J'ai la culotte toute mouillée.

— Je vois. Et comment dites-vous voulez-vous un dessert ?

— *Voulez-vous un dessert ?*

— C'est compliqué à prononcer, mais je peux essayer. Voulez… -vous un desserrrrt ?

— Vous êtes très mignon quand vous parlez français.

Je me lève pour récupérer les fondants au chocolat et la crème anglaise et les dépose sur la table.

— Ne dites pas de bêtises Krys ! Tenez, mangez donc plutôt cette petite merveille.

— Vous êtes toujours tellement autoritaire.

— Et encore, vous n'avez rien vu !

— Alors montrez-moi !

C'en est trop pour moi, je me lève de ma chaise, attrape Krys par le bras pour qu'elle me rejoigne, puis la plaque contre le mur pour l'embrasser. Elle me rend mon baiser avec ardeur, le bruit du métal résonne lorsqu'un des couverts s'écrase sur le sol. Mais ni Krys ni moi n'en avons quoi que ce soit à faire, seule l'attraction de nos deux corps compte. Je glisse mes doigts vers sa chatte, elle est effectivement trempée, bien plus que je ne l'imaginais d'ailleurs. Et d'un seul coup, elle s'arrête de m'embrasser :

— Vous avez de la musique ?

Hein ? Quel est le rapport avec ce que nous étions en train de faire ?

— Tenez, la télécommande de la télé est là, vous pouvez directement cliquer sur le bouton Spotify si vous avez déjà un choix de musique en tête.

Je ne comprends pas trop ce qui se passe, mais je la laisse faire, je n'ai pas vraiment le choix de toute façon…

C'est pas comme si elle m'avait demandé mon avis.

— Asseyez-vous là !

— Qu'est-ce que vous fabriquez ?

— Soyez patient, vous posez trop de questions. Laissez-moi profiter de ce petit moment de gloire avant tout le reste…

— Tout le reste ?

— Oui, vous savez bien, vos trucs de domination à la *365 jours*.

Je suis incapable de me retenir d'exploser de rire :

— Vos références en la matière sont pour le moins pittoresques, Krys.

— Je sais, mais maintenant vous devez rester tranquille et silencieux, ouvrez seulement grands vos yeux et vos oreilles.

Elle récupère une seconde chaise qu'elle place à côté de ma cheminée, pas très loin de l'endroit où je suis assis.

Pourquoi fait-elle autant de mystère ?

Je m'apprêtais à lui poser la question quand les premières notes de la musique démarrent et que Krys se met à bouger telle une enchanteresse.

Bordel de merde, cette femme va me tuer !

23- Krys

Je mets une petite minute avant de trouver la musique parfaite, mais lorsque je tombe sur *Belong to you* de Sabrina Claudio et 6LACK, je suis sûre de mon choix.

« Take care of me
Talk all day then at night fall in deep
Stimulate me,
I want you mental and physically
I belong to you […]»

Je commence à danser devant Robyn en mimant les paroles. Il a les yeux rivés sur moi, le désir que je lis dans son regard me rend puissante, sexy, féminine. Je caresse mon corps au rythme de la musique, marche vers lui, balance mes hanches de gauche à droite avec sensualité. Je caresse mes cheveux, balade à certains moments mes mains sur son torse, juste pour lui rappeler l'effet que je lui fais.

C'est ton moment Krys !

Aucun homme ne m'a jamais regardé de la manière dont Robyn est en train de le faire et ça me donne envie de pimenter les choses. Je continue de chanter les paroles en utilisant excessivement chaque centimètre de mon anatomie pour le faire chavirer, notamment mes fesses. Je dois l'admettre.

« Don't come my way
If you ain't here for love
Don't you dare stay
Put some time aside I set vibes in LA […]»

Son regard est désormais rempli de ténèbres, il ne bouge pas comme je lui ai demandé, mais je vois bien qu'il est sur la corde raide. Alors j'avance vers lui en faisant descendre la fermeture éclair de ma robe pour la laisser glisser au sol avec précaution pour ne pas tomber.

Merci Yanis MARSHALL de m'avoir transmis cette passion de la danse en talons !

Robyn ouvre de grands yeux, puis sourit lorsqu'ils découvrent mon body brodé avec nœud *Victoria Secret* et les bas assortis.

— Venez par là, Krys !

— *« So, I think you should fuck with me, yeah »*.

Je mime non de l'index en même temps que ma bouche prononce les paroles, puis m'éloigne pour aller récupérer ma chaise.

Éblouis-le beauté !

Je m'assieds à peine à deux mètres de lui et me mets à danser de façon torride.

J'écarte mes jambes, me penche en avant, fais tournoyer mes cheveux et remonte en remuant les épaules lascivement. Je ferme les jambes, puis tourne autour de la chaise de Robyn dans un mouvement sensuel voire presque sexuel, avant de m'arrêter devant lui les bras en l'air.

Je finis à quatre pattes au sol moins de dix secondes plus tard, les mains sur ses cuisses, remuant mon bassin en l'air *encore et encore* comme si j'attendais qu'il se lève de sa chaise pour venir me prendre en levrette à même le carrelage. Je n'ai jamais autant apprécié danser qu'à cet instant précis.

Sauf que je me prends à mon propre jeu et je sens que mes deux minutes de spectacle m'excitent bien plus que je ne l'aurais imaginé. Robyn ne me lâche toujours pas du regard, il est comme un prédateur prêt à bondir sur sa proie et je n'en suis que plus confiante. Je me relève et enlève une bretelle de mon body, puis me penche vers ma cheville droite pour remonter avec ma main le long de ma jambe, puis de mon corps tout entier, je me caresse la poitrine, la nuque, joue de la raideur de mes cheveux…

« I belong to you
You
You
Take care of me
Talk all day then at night fall in deep
Stimulate me […] ».

Je me positionne derrière lui, caresse son torse en lui susurrant les paroles de la musique au creux de l'oreille. Puis je lui tourne autour, touche son visage délicatement avant de lui monter dessus à califourchon. J'ondule mon bassin avec érotisme sur son érection, lui communique mon désir jusqu'à ce que c'en soit trop pour lui :

— Je pense que j'en ai vu suffisamment !

Il se lève et marche pour m'emmener je ne sais où. Il me tient fort contre lui, comme s'il avait peur que je m'échappe. Sa respiration est forte, son ton sévère et sa détermination à m'enlever les derniers vêtements qui couvrent mon corps est ineffable. Mais je veux le provoquer encore un peu.

Après tout, je ne suis plus à ça près !

— Vous n'avez pas aimé la chanson Robyn ? Ou peut-être que ma prestation ne vous a pas plu ?

— Je vais vous montrer Krys, ce que je ressens quand vous faites ce genre de choses !

Il grogne presque et je trouve ça extrêmement jouissif. Il me jette sur le lit à baldaquin. J'atterris sur le dos avec une étonnante douceur.

Je n'ai jamais vu un matelas aussi confortable de ma vie.

Je m'allonge volontairement sur le ventre pour le regarder, les bras accoudés sur son lit et les mains posées sur mes joues pour soutenir ma tête.

— Qu'allez-vous faire de moi maintenant ?

Il se retourne et me lance un sourire narquois avant de retirer sa veste de costume qu'il pose sur le canapé. Lorsqu'il revient vers moi, c'est pour me caresser les chevilles puis m'enlever mes escarpins.

— Vous êtes impatiente Krys ? Pourtant vous n'aviez pas l'air de vous languir quand vous m'allumiez dans mon salon.

— Je ne vois pas du tout à quoi vous faites allusion, j'ai dansé pour vous, cela n'a rien d'aguicheur.

— Vous croyez ça ? Eh bien dans ce cas, nous verrons si votre avis sera toujours le même dans dix minutes.

Ces paroles ont sur moi l'effet d'un coup de foudre en plein vagin.

J'aime tant sa façon de prononcer mon prénom…

Je suis déjà tellement excitée que je me demande s'il est possible de dépasser ce stade. Je n'ai pas de réponse à apporter à la question de Robyn et de toute façon, je ne pense pas qu'il en attendait une, puisqu'il se retourne pour fouiller dans le coffre posé devant son canapé.

Lorsqu'il en sort une cravache, ce qui me semble être des cordes et d'autres trucs plus petits dont j'ignore l'utilité, je manque de m'étouffer avec le peu de salive qu'il me reste dans la bouche.

Seigneur !

Il s'approche de moi et dépose tous les accessoires à ma droite avant de caresser mes cheveux avec tendresse.

— Vous me faites confiance Krys ?

Bien sûr que oui !

— Je pense que je ne serais pas là dans le cas contraire.

Ma voix n'est plus que désir et suavité. Il me regarde fixement, comme s'il voulait s'assurer que j'étais toujours d'accord pour qu'il me fasse rentrer dans son univers de Domination.

— Très bien, dans ce cas, allongez-vous sur le dos juste là.

Il désigne de l'index l'ensemble des oreillers situés devant la tête de lit en même temps qu'il retire ses chaussures et ses chaussettes. Je m'exécute et il me rejoint pour se placer entre mes jambes alors qu'il est encore vêtu de sa chemise blanche et de son pantalon de costume tandis que je ne porte que mon body.

— Donnez-moi vos poignets !

Je tends les bras et il joint mes poignets pour m'empêcher d'avoir la complète maîtrise de mes mouvements.

— Ce n'est pas trop serré ?

— Non je crois que ça va.

Je lui souris parce que là tout d'suite, je le trouve adorable. Il est si doux et si prévenant.

Justement cocotte, ça n'annonce rien de bon pour la suite de ce qui va t'arriver !

Je fais taire la petite voix dans ma tête et me détends alors que Robyn se lève pour me contempler. Il sourit une nouvelle fois malicieusement, dépose la seconde corde sur le canapé puis vient me rejoindre de nouveau sur le lit.

— Connaissez-vous votre corps Krys ?

Je ne comprends pas trop le sens de sa question donc je l'interroge :

— Qu'entendez-vous par là ?

— Par exemple, si je vous mets ça là, quel effet ça vous fait ?

Il m'attrape fermement les seins et pince mes tétons avec deux petits bidules en fer que je n'avais encore jamais vus. Je ressens une décharge électrique qui se répercute directement sur mon entrejambe.

— Je crois que ça ne me dérange pas.

— Ah bon, vous croyez seulement ?

Son ton est à présent moqueur et c'est tout à fait normal, car en plus d'être humide, mon corps se met à frissonner les deux fois.

— Vous m'avez compris.

Et je ris avec lui jusqu'à ce qu'il enlève les deux pinces tétons pour les mettre sur le côté. Puis, il m'embrasse fougueusement, sa langue titille la mienne, ses dents en ont après ma lèvre inférieure. J'ai extrêmement chaud et je ne sais déjà plus où je me trouve quand il se stoppe d'un coup me provoquant un petit cri :

— Oh.

Robyn n'y prête pas attention et se place au-dessus de moi pour d'abord embrasser mon coup avant de descendre sur ma clavicule, puis entre mes seins, sur mes tétons, le long de mes côtes, à gauche, puis à droite. Il revient ensuite sous mon nombril dans un baiser sauvage et descend directement jusqu'à l'entrée de mon intimité quand soudain, sans un mot, il arrache mon body qui tombe en lambeau en l'espace de cinq secondes.

Seigneur !

Dans une autre situation, je me serais très probablement énervée. Mais à ce moment-là, je ne ressens rien d'autre que de l'excitation et Robyn en est plus que conscient :

— Vous êtes tellement belle Krys et tellement mouillée aussi !

Je choisis d'ignorer cette phrase et affirme :

— Vous auriez tout aussi bien pu me demander d'enlever mon body, cela aurait très bien fonctionné.

— Vous avez raison, mais cela ne vous aurait pas autant excité, je me trompe ?

Il retire de sur mon corps ce qui reste de mon body *Victoria Secret* et caresse ma peau nue de ses mains douces et fermes à la fois. Mon corps frémit à son contact, mais je ne peux me retenir de le taquiner :

— Je pense que vous vous méprenez, mais après tout, c'est tant pis pour vous.

Il refait son sourire narquois, mais une version 2.0 que je n'avais encore jamais vu avant de me parler d'un ton sévère :

— Vous parlez trop Krys ! Je n'ai pas envie de vous bâillonner car j'ai besoin de vous entendre jouir, mais si vous êtes trop bavarde, je n'aurais plus le choix !

Alors je ne parle plus, je laisse mon corps s'exprimer, je sais qu'il a des choses à dire. Robyn me mordille les tétons avant de replacer les pinces tétons et sans plus de cérémonie, il se remet entre mes jambes, soulève mon bassin et ramène mes cuisses vers mon buste de manière à ce que je lui sois totalement offerte. Il bloque mes jambes à l'aide de ses bras et commence à me torturer.

D'abord avec son nez sur mes lèvres puis avec sa bouche et sa langue qui oscillent sur mon intimité avec avidité. Il me goutte voracement, lèche mes lèvres, insère sa langue dans ma fente pour la sortir et la faire glisser jusqu'à mon anus qu'il embrasse de ses lèvres pulpeuses.

Je ne sens plus rien d'autre que du désir, Robyn me rend complètement dingue et mes gémissements lui témoignent toute ma reconnaissance. Il remonte de nouveau vers mes lèvres qu'il embrasse à leur tour, mais cette fois-ci avec plus de violence. Je suis sur le point de jouir, je m'agrippe aux draps comme je peux tant je suis ravagée par le plaisir. De minuscules gouttes de sueur commencent à perler sur mon front et je m'essouffle :

— Robyn, je…

Je suis incapable de finir ma phrase, mais il devine mes envies puisqu'il insère deux doigts en moi en même temps qu'il continue de me sucer cette fois-ci avec lenteur. Le contraste entre les va-et-vient lents de sa langue et les mouvements rapides de ses doigts me fait chavirer jusqu'à ce que je sois emportée par un long et bruyant orgasme. Il sort sa tête de mon intimité et me lance son sourire de beau gosse irrésistible avant de remonter vers moi pour m'embrasser.

Je peine à reprendre mes esprits, mais je constate que Robyn a toujours les mots justes :

— J'adore la façon dont vous êtes sculptée Krys, votre corps est incroyable… En fait, vous avez un corps de déesse, vous êtes consciente de cela n'est-ce pas ?

— Je n'en ai jamais eu autant conscience qu'aujourd'hui.

Ma voix est très calme, elle n'a rien de provocateur. Elle reflète simplement le constat d'une femme encore sous l'émotion de l'orgasme que lui a donné l'homme le plus sexy de ce monde.

Rien qu'ça !

— Vous avez l'air un peu sonnée.

Très drôle !

Je lui lance un regard noir, du moins j'essaye parce que je n'ai vraiment aucune conviction.

Il sourit pour seule réponse et récupère la corde sur le canapé pour m'attacher les chevilles et restreindre ce qui me restait de ma liberté de mouvement. L'excitation remonte d'un coup même si très honnêtement, je ne suis pas sûre qu'il soit possible de ne pas être toute chose en présence d'un homme pareil.

D'ailleurs, il me sort de mes pensées lorsqu'il ramène vers ma bouche un petit jouet rose qu'il me fait sucer. Puis il fait descendre le sextoy sur mes courbes avant de l'insérer dans mon vagin. J'ai envie de le harceler de questions, mais je crois que l'inconnu amplifie ma libido alors je choisis de garder mes interrogations pour moi.

J'observe Robyn silencieusement, il va s'asseoir sur le fauteuil positionné juste en face du lit et sort son téléphone de sa poche. *Mais qu'est-ce qu'il fout ?* J'étais à deux doigts de lui poser la question quand le gadget se met à vibrer en moi. *Dieu tout puissant !*

24- Robyn

Même si nous travaillons demain et que mes couilles sont pleines à m'en faire mal, j'ai envie de prendre mon temps ce soir avec Krys. Elle n'est en rien semblable aux autres femmes que j'ai connues et c'est pour cette raison que j'estime qu'elle mérite une attention toute particulière.

Je n'ai pas eu de rapports sexuels depuis maintenant trois mois. Et avant cela, je n'avais aucune envie d'entretenir une relation sérieuse avec une femme. Seule l'attraction qui existait entre nos deux corps comptait pour moi et cela me convenait très bien. D'autant plus que toutes ces femmes couchaient avec moi juste pour ma notoriété et mon portefeuille, *accessoirement*. Ça ne me dérangeait pas plus que ça, car j'y trouvais mon compte.

Sauf qu'à un moment donné, je ne me reconnaissais plus vraiment, j'enchainais les coups d'un soir, je ne savais plus si j'attirais les femmes dans mon pieu par envie ou seulement par amour du défi. Et très honnêtement, je n'étais plus certain de reconnaître mes valeurs dans le comportement que j'avais, celles que mes parents m'ont inculquées et celles que j'ai développées au fil des années. J'en suis même venu à remettre en question le respect que j'avais envers moi-même. Donc j'ai pris la décision de ne plus coucher avec personne et de me concentrer sur la renommée de mon nom. J'ai aussi évidemment changé de numéro parce que j'ai été assez stupide pour donner celui de la vie de tous les jours à certaines d'entre elles.

Quand j'y réfléchis, je pense que la collection « Femmes influentes » m'a sûrement été insufflée par ces évènements. Car bien que j'aie toujours été clair et honnête sur mes intentions envers les femmes, je ne suis pas sûr que les avertir rendait la chose moins douteuse sur le plan de la moralité. J'étais là seulement pour les dominer et rien d'autre, donc je n'avais aucune réelle considération pour elles.

M'en tenir à la masturbation est sûrement la meilleure décision que j'ai prise à ce sujet. Du moins, c'était ce que je pensais avant de rencontrer Krys. Je sais qu'elle représente un danger pour moi, pour la simple et bonne raison que je n'ai jamais eu peur de ce que je ressentais pour une femme jusqu'à ce qu'elle entre dans ma vie.

Voilà maintenant une semaine que j'attends ce moment, une semaine que j'attends de voir Krys nue dans mon lit et complètement dévouée pour moi. Ce soir, elle est encore plus belle que jamais. Je la trouve radieuse même car elle respire le désir et je suis celui qui est à l'origine de cela.

Je m'installe bien confortablement dans mon fauteuil, à l'endroit où j'ai le meilleur angle pour la regarder. Je commence tout d'abord à faire fonctionner l'œuf vibrant à une vitesse lente. Je vois que les vibrations la secouent, elle gémit, mais ce n'est pas aussi intense que tout à l'heure.

Alors, plus ses gémissements se font pressants, plus j'augmente l'intensité du gadget. Et bien que je le contrôle à distance, seule la voix de Krys me donne le tempo. Lorsque je la vois se tordre de plaisir comme elle le fait, pieds et mains liés, au bord de l'explosion, j'ai envie d'augmenter le niveau d'encore un cran.

Je stoppe l'appareil et elle reprend ses esprits à une vitesse impressionnante :

— Pourquoi l'avez-vous arrêté ? J'étais à deux secondes du meilleur orgasme de ma vie !

La frustration que j'entends dans sa voix renforce ma volonté de mettre en œuvre l'idée que j'ai derrière la tête.

— Je ne pense pas qu'il aurait été le meilleur de toute votre vie. Nous ne faisons que commencer.

Son corps se contracte et ses pommettes déjà rosies prennent une teinte supplémentaire. Et puisqu'elle ne répond pas à ma provocation, je continue :

— Je veux pousser votre corps dans ses plus grands retranchements Krys, je veux que vous sentiez l'effervescence de votre désir parcourir chaque millimètre de tous vos membres. Je veux vous troubler maintenant et aussi longtemps que vous me permettrez de le faire. Je veux vous entendre crier, hurler même si vous le désirez, je veux vous donner du plaisir comme jamais aucun homme n'a su le faire.

Elle est plus qu'impatiente, des spasmes la trahissent, sa respiration s'accélère, ses seins se tendent sous les pinces tétons et son souffle est de plus en plus court.

— Alors qu'attendez-vous ?

Je n'ai pas besoin de plus. Je retire le jouet avec lenteur pour qu'elle sente chaque mouvement. Puis, je l'embrasse doucement pour ajouter à son excitation alors que sa bouche est à la recherche d'un baiser sauvage.

— Je vais vous faire gouter au plaisir de la cravache Krys, *pour de vrai*. Mais si c'est trop pour vous, vous n'avez qu'à me dire STOP et j'arrêterai immédiatement.

Elle hoche la tête, mais je veux m'assurer qu'elle a bien entendu ce que je viens de dire :

— Vous avez compris ?

Elle me lance un regard noir puis s'exclame :

— Ça va, ça va, j'ai compris STOP !

— Vous êtes drôle !

— Vous êtes un connard !

— Mais vous aimez ça !

— Allez vous faire foutre !

— Faites attention à votre langage Krys ! Vous ne voudriez pas que j'en aie après vous ?

— Vous parlez trop !

Elle n'a pas tort. Habituellement, je ne parle quasiment pas aux femmes avec lesquelles je couche. C'était bien plus pratique, je savais pourquoi la plupart des femmes voulaient coucher avec moi donc je ne tenais pas forcément à entretenir de rapports avec elles autres que ceux purement physiques.

Mais Krys n'a rien de similaire aux autres femmes. Je ne sais pas pourquoi je m'entête à faire la comparaison. Je devrais avoir intégré l'information depuis le temps.

Tout doux, ça fait qu'une semaine que tu la connais !

Je retourne dans mon coffre récupérer un vibromasseur tout neuf que j'ai acheté spécialement pour elle.

Comme tout le reste d'ailleurs.

Je dépose le vibromasseur sur le lit et positionne Krys sur le ventre. Tout son corps frissonne à mon toucher, et cela ne fait qu'accroitre mon besoin de me noyer dans les profondeurs abyssales de son vagin. Mais ce n'est pas encore le moment.

Je fais passer la cravache sur sa joue puis derrière sa nuque, la fais descendre le long de sa colonne vertébrale avant de donner un coup sec sur sa fesse gauche. Elle pousse un cri de surprise, mais le plaisir que j'entends dans sa voix m'encourage à continuer. Ensuite, je fais descendre le cuir sur sa cuisse gauche, donne un coup, puis jusqu'à son mollet où je fais de même.

Son corps tressaute de plaisir à chaque coup, son regard m'en demande plus alors je fais de même avec sa jambe droite et finis par me concentrer sur ses adducteurs et l'ensemble des muscles qui convergent autour de sa chatte.

Lorsque j'utilise le vibromasseur en même temps que je multiplie les coups de cravache sur son magnifique postérieur, Krys ne met pas longtemps avant de succomber. Ses jouissements sont bruyants, puissants, authentiques et terriblement sensuels.

Je suis dans une merde pas possible. Cette femme va me rendre fou.

Je frappe plus fort, augmente l'intensité du vibromasseur jusqu'à ce que Krys n'en puisse plus :

— Je veux vous sentir. C'est insupportable à quel point vous me torturez ! Je veux voir votre corps sans ces vêtements et pouvoir vous toucher et bouger sur vous comme je l'entends.

— Vous voulez que je vous retire les cordes ?

— Oui s'il vous plaît.

Je défais les cordages, d'abord au niveau de ses chevilles puis au niveau de ses poignets. Elle tente de s'étirer sur le matelas, mais cela ne semble pas lui convenir puisqu'elle bondit hors du lit pour s'étirer de façon bel et bien réelle. Elle tend ses bras vers le sol et descends son buste en même temps pour offrir à mes yeux la somptuosité de son cul parfait.

Je m'apprêtais à enlever ma chemise quand Krys s'interpose :

— Laissez-moi faire.

Elle défait chaque bouton un à un jusqu'au dernier, libère la chemise de mon pantalon et me l'enlève en faisant glisser ses mains de mon torse jusqu'à mes épaules, pour ensuite faire descendre les manches de mon vêtement sur mes bras. Elle fait ensuite rouler ses doigts sur mes pectoraux et mes abdominaux, dépose des baisers çà et là avant de se jeter sur la boucle de ma ceinture. Elle prend évidemment le soin d'enlever mon boxer en même temps que mon pantalon et je me retrouve en tenue d'Adam, aussi vulnérable qu'elle.

Soudain, Krys s'éloigne vers le centre du lit pour me mirer ou devrais-je dire, pour me détailler scrupuleusement du regard. Ses yeux vont de mes cheveux à ma bouche, puis descendent vers mon torse, mes hanches, mes cuisses puis elle se concentre sur ma queue. Elle se mord la lèvre inférieure comme elle le fait systématiquement quand je dis ou fais quelque chose qui fait directement écho à son vagin.

Je vois qu'elle a envie de me sucer comme elle l'a fait dans mon bureau ce matin, mais je veux faire durer le plaisir et je sais déjà que je n'arriverai pas à lui résister longtemps si mon sexe atterrit entre ses lèvres. Donc, je me mets sur elle et l'embrasse avec toute l'excitation que je contiens en moi depuis le début de la soirée, elle geint quand je passe mes doigts sur sa fente.

Elle est tellement mouillée pour moi.

Je prends un préservatif dans le tiroir de ma table de chevet, le déroule sur mon pénis et observe Krys bien fixement. Son regard n'est que désir et je sais qu'elle attend que j'entre en elle, mais je veux l'entendre me le dire.

— Qu'est-ce que vous voulez Krys ?

— Vous !

— Non, que voulez-vous vraiment Krys ?

— Je veux vous sentir Robyn et maintenant parce que je n'en peux plus d'attendre. Jamais aucun homme ne m'a fait ressentir un truc pareil…

Puis elle se tait comme si elle venait de prendre la mesure de ce qu'elle venait de dire. Je ne sais pas ce qui me rend le plus dingue, le fait qu'elle l'ait dit à voix haute ou le fait que je pense exactement la même chose qu'elle. Mais en vérité peu importe, ces mots sont tout ce que j'avais besoin d'entendre.

Je joue avec mon gland sur ses lèvres, puis à l'entrée de son intimité avant de m'insérer en elle aussi lentement qu'il m'est possible de le faire étant donné combien j'ai envie d'elle. La sensation que l'étroitesse de son vagin me procure va bien au-delà de tout ce à quoi j'avais songé. J'ose à peine imaginer ce que j'aurais ressenti si je ne portais pas ce bout de plastique. Krys est tout simplement la femme parfaite, même ses cris de plaisir ont quelque chose de spécial.

Putain mais comment je vais m'en sortir ?

— Vous êtes à moi Krys !

Elle gémit plus intensément comme si elle appréciait ma déclaration et l'entendre se laisser aller comme ça ne fait que décupler mon plaisir.

Ses jambes sont de part et d'autre de mon corps, je bouge en elle avec ardeur alors que son corps suit mes mouvements. Son regard respire la chaleur et je vois qu'elle en veut plus, alors je prends sa jambe droite pour la poser sur mon épaule.

— Ne vous arrêtez surtout pas Robyn !

Sa voix est haletante, sa jambe gauche ne cesse de donner des impulsions sur mon cul pour que je la baise encore plus fort. Nos bouches sont à la recherche l'une de l'autre, Krys s'agrippe à mes bras, les griffe, bouge frénétiquement sur ma queue. Et très honnêtement, j'adore la façon dont nos deux corps s'emboitent à la perfection.

Je me retire pour la mettre sur le ventre. *Je veux voir son cul.* Et comme si elle lisait dans mes pensées, elle se met en levrette, cambre son bassin et tend le cul vers moi telle une offrande. Je la pénètre d'un coup sec et son regard par-dessus l'épaule ainsi que son cri, m'incitent à donner des coups de reins plus vigoureux en même temps que je claque son cul merveilleusement rebondi. J'attrape ses deux bras, les tire vers moi et elle ne met pas longtemps avant de laisser son corps glisser sur le matelas.

– Vous êtes tellement étroite Krys, tellement belle pour moi.

Je ne sais pas vraiment si mes paroles ont du sens ni même ce qu'elles provoquent chez elle. Mais Krys se retire d'un coup, me pousse sur le lit avant de venir s'empaler sur ma queue pour me chevaucher telle une amazone. *Je suis fini !*

Je l'étrangle mesurément de ma main droite et la laisse onduler sur moi.

Elle aime tellement ça !

Je vous assure qu'à cet instant précis, la façon dont elle bouge me ferait presque oublier ma langue maternelle. Et je crois que de tous les orgasmes que je lui ai offerts jusqu'à maintenant, celui-là est surement celui qui l'a le plus secoué. Elle explose, tremblante et chaude dans un long et bruyant râle.

Bordel ! Je n'ai jamais rien vu d'aussi sexy.

Sa façon de bouger sur moi avec assurance comme si je lui appartenais depuis toujours ne me laisse pas indifférent.

J'aime l'effet que j'ai sur elle, j'aime qu'elle se sente autant en confiance sur ma queue au point de vouloir me faire éjaculer sur le champ.

— Si vous continuez comme ça Krys, je ne suis pas sûr de pouvoir tenir encore longtemps !

— Alors vous n'avez qu'à m'empêcher de bouger Robyn, vous savez y faire non ?

Elle sourit malicieusement, je vois qu'elle est fière de m'avoir lancé cette pique. Et je compte bien lui montrer qu'effectivement, je sais y faire.

Je la soulève en dehors du lit pour la plaquer contre la porte de ma chambre. Je maintiens ses bras derrière son dos avec ma main droite et empoigne sa nuque avec la main gauche pour lui asséner des coups de reins encore plus brutaux. Elle s'épuise sous les coups de mon bassin et je ne peux m'empêcher de vouloir la baiser encore une fois dans mon lit.

Nous enchaînons quelques-unes des positions les plus rocambolesques du *Kamasutra* – et probablement d'autres techniques inventées par nos corps dans le feu de l'action – jusqu'à ce que nous finissions dans la position du lotus.

Nous bougeons simultanément, nos deux corps nus ne font qu'un, nos mains caressent l'autre à la recherche d'encore plus de proximité. Les lèvres de Krys vont et viennent de ma bouche à mon cou qu'elle mord presque douloureusement. Et à un moment donné, je sens que je suis tout prêt tandis que ses jouissements s'accentuent tout autant. Elle ne me lâche pas du regard, jusqu'à ce que sa voix sulfureuse et à bout de souffle ne me fasse perdre tout contrôle :

— Robyn… je vais jouir.

Tout mon corps se contracte et je succombe au plaisir et à l'excitation d'entendre Krys répéter mon nom dans son orgasme. Nous prenons quelques secondes silencieuses pour nous remettre de nos émotions. Krys retire les pinces tétons, puis se blottit contre moi pour me regarder avec de grands yeux avant d'affirmer avec conviction :

— Waooouh !

Cette interjection sortie de sa bouche me fait rire. Elle est vraiment adorable quand elle est aussi spontanée. Ses yeux pétillent d'innocence… Je la trouve vraiment attendrissante.

Qu'est-ce qui me prend putain ?

— Je suis complètement d'accord avec vous, c'était au-delà de ce à quoi nous pouvions nous attendre.

— Il faut croire que nos corps étaient faits pour se rencontrer.

— Je ne suis pas sûr qu'il s'agisse simplement de nos corps, je pense qu'il se passe quelque chose entre vous et moi Krys. Je ne suis pas encore sûr de ce dont il s'agit, mais vous devez savoir que je pourrais vraiment m'habituer à vous voir toutes les nuits dans mes bras et dans ce lit.

25- Krys

Aussi loin que je m'en souvienne, je n'ai jamais ressenti un truc pareil. Ni avant, ni pendant ni même après avoir couché avec un homme. C'était comme si nos corps se connaissaient déjà, qu'ils avaient un passé commun dont Robyn et moi n'étions pas au courant. Comme si nous étions destinés à nous rencontrer, comme si nous n'avions pas besoin de mots pour nous exprimer.

Ses grognements, ses baisers, ses coups de bassin répondaient aux miens comme un écho…

Même avec mon copain Peter avec qui je sortais lors de ma première année à l'école de mode, je n'avais jamais ressenti quelque chose d'aussi fort et pourtant j'étais persuadée de l'aimer.

Avec Robyn, je me sens une autre femme, mais dans le bon sens du terme. Je ne me sens pas différente comme si je n'étais pas moi-même, mais plutôt différente comme si parmi toutes les femmes, j'étais l'unique exception. *« Je veux vous troubler maintenant et aussi longtemps que vous me permettrez de le faire » ; « Vous êtes à moi Krys ! ». « Je ne suis pas encore sûr de ce dont il s'agit, mais vous devez savoir que je pourrais vraiment m'habituer à vous voir toutes les nuits dans mes bras et dans ce lit ».* Cette dernière phrase me rend tout particulièrement rêveuse. Mais je suis persuadée que je ne suis pas la première à qui il dit ça. *Ce n'est pas possible !*

— Et elles avalent toutes votre baratin sans rien dire ?

— Au contraire, je vous assure que je n'ai jamais dit quelque chose de ce genre auparavant. Vous devez surement avoir entendu certaines de mes innombrables coucheries.

Non j'étais pas au courant, mais c'est bien qu'on en parle !

— Vous savez Robyn, même si en intégrant mon école à Paris, je savais déjà que je voulais travailler pour vous. Je n'ai jamais été le genre de fille à fouiller dans la vie des gens. J'ai déjà vu certaines de vos interviews, je le reconnais. Par exemple, je sais que votre mère est portoricaine et votre père anglais. Mais je n'ai absolument pas ouï-dire de la réputation dont vous me parlez.

Il me raconte qu'il n'avait pas un comportement exemplaire envers les femmes, du moins, pas dans le sens littéral du terme. Je suis contente qu'il m'en parle car cela prouve qu'il tient à se montrer totalement honnête envers moi.

Comme pour bien démarrer une relation ?

— Je vous promets de répondre à toutes vos questions, mais laissez-moi d'abord vous laver.

Je suis toujours surprise par la façon dont Robyn peut faire preuve de douceur, on frôle même le romantisme à certains égards. Il me laisse à peine le temps de répondre « d'accord » que je suis déjà dans ses bras en direction de la salle de bain.

Il presse l'un des boutons de l'interrupteur et la lumière s'allume faiblement pour instaurer une ambiance tamisée. Robyn m'assied délicatement sur le siège installé dans sa douche à l'italienne. Puis il fait couler l'eau dans le coin de la cabine pour s'assurer qu'elle soit à la bonne température avant de me mettre le jet dessus.

Il prend le soin de m'attacher les cheveux et de ne pas les mouiller comme s'il savait combien il est fastidieux de lisser des cheveux aussi bouclés que les miens. Ensuite, il me savonne délicatement avec une fleur de bain sauf lorsqu'il nettoie mon entrejambe. Je me laisse faire car c'est extrêmement agréable qu'un homme tel que Robyn soit aux petits soins avec moi. Mais aussi parce que je n'ai ni la force, ni l'énergie de prendre une douche seule. Il m'a littéralement vidé de toutes mes batteries.

Nous nous brossons les dents puis sortons de la cabine de douche embuée. Robyn m'enveloppe dans un peignoir couleur pêche et me soulève de nouveau pour m'emmener jusqu'à la chambre où il défait les draps pour me glisser dessous.

— Ne bougez pas, j'arrive.

Il revient à peine une minute plus tard avec une culotte en dentelle et une nuisette vraiment *très très sexy*.

— C'est mon cadeau pour vous étant donné que j'ai complètement saccagé votre body.

Il rit et je ne peux que lui rendre son sourire parce qu'il est vraiment chou.

— Je vous remercie. Il est vrai qu'en venant chez vous, je n'avais pas prévu de perdre l'une de mes pièces de lingeries préférées.

— Je suis navré Krys.

Il n'a vraiment pas l'air désolé à la manière dont son visage s'étire en un large sourire.

— Ne le soyez pas, vous l'avez fait pour mon plus grand plaisir. D'ailleurs, en parlant de lingerie, comment avez-vous fait pour trouver l'inspiration pour la mini-collection du numéro trois aussi vite ? J'ai vu vos dessins, il y en avait au moins une centaine, c'est impressionnant. Comment faites-vous pour trouver toutes ces idées ?

Je suis réellement curieuse de savoir comment il crée ce qui l'inspire.

— Vous ne vouliez pas qu'on baise alors que vous aviez vos règles. Donc il fallait que je trouve une solution pour que vous vous sentiez bien avec tous les penchants de votre féminité, puis dans mes draps.

Sa réponse me laisse sans voix pendant un court instant. Je suis tellement exténuée par tout ce qui s'est passé aujourd'hui que je ne sais même plus s'il est sérieux ou s'il se moque de moi. Mais je choisis de prendre ça à la rigolade :

— Vous êtes un grand malade Robyn !

— Non plus sérieusement, je n'ai jamais dessiné et imaginé aussi vite que depuis que je vous connais. Lorsque je dessinais les sous-vêtements de la mini-collection pour les femmes et leurs menstruations, c'est vous que j'imaginais porter ses vêtements.

— Arrêtez votre baratin ! Je ne vous crois pas.

Je refuse que ce soit vrai. Cela impliquerait trop de choses, il me plait déjà tellement. J'ai des papillons dans le ventre à chaque fois qu'il pose ses lèvres sur les miennes. Et comme s'il lisait le tourment sur mon visage, Robyn s'exclame :

— Krys, je n'ai aucun intérêt à vous mentir, je ne l'ai jamais fait et je n'en ai pas l'intention. Alors cela peut paraitre un peu cliché et même complètement déroutant. Ça l'est y compris pour moi je vous assure, mais croyez-moi lorsque je vous dis que vous êtes mon inspiration. Et vous pouvez également me faire confiance quand je vous dis que j'ai envie de partager mes nuits qu'avec vous.

Ces paroles m'attendrissent en un rien de temps. Et me voilà qui me mets à envisager ce que pourrait être mon futur avec Robyn. Mais je ne veux pas qu'il s'aperçoive que ces mots m'ont touchée alors je le taquine pour tenter de détourner l'attention qu'il porte sur moi :

— Vous faites croire au monde que vous êtes autoritaire mais en réalité, vous êtes une boule d'amour.

Il détourne le regard avant de me fixer de nouveau puis il sourit.

— Ne dites pas de bêtises Krys, maintenant il faut que nous dormions, car il est trois heures passées et demain nous devons annoncer une seconde fois au monde que la collection « Femmes influentes » ne va pas tarder à voir le jour.

Je suis exténuée, mais charrier Robyn est bien trop tentant :

— Théoriquement, nous sommes déjà demain Robyn puisque…

Il me coupe la parole :

— Nous serons demain lorsque vous aurez fermé vos jolis yeux en amande et que je vous réveillerai à huit heures avec la bonne odeur de chocolat chaud.

— Comment êtes-vous au courant qu'il s'agit de ma boisson chaude préférée ?

— J'ai mes sources ! Maintenant, taisez-vous et dormez.

Je l'ignore et renchéris sur une autre chose :

— Dites-moi quelque chose sur vous que vous êtes le seul à savoir et après je vous promets de m'endormir.

Il réfléchit un instant avant d'affirmer tout bas :

— Il m'arrive très souvent de chanter, quand je me douche comme la plupart des gens ou bien même lorsque je travaille.

— Vous chantez ?!

Alors celle-là, je ne l'avais vraiment pas vu venir !

— Qu'est-ce qui vous fait autant rire ?

— Rien ! Je suis désolée, c'est juste que je ne me serais jamais douté que vous aviez ce talent ! Vous me faites une petite démonstration.

— « *Guess it's true I'm not good at a one night stand. But I still need love 'cause I'm just a man. These nights never seem to go to plan. I don't want you to leave me, will you hold my hand? Oh won't you stay with me? Cause you're all I need...* » Voilà, maintenant venez par-là, il faut que vous dormiez.

Il a raison j'ai besoin de repos.

Malgré mon envie d'écouter le son de sa voix angélique encore et encore, et de discuter toute la nuit, je sais que demain, je serais incapable de travailler correctement si je ne dors pas un minimum. Alors je laisse mes paupières se fermer, me blottis contre son torse, là où je me sens plus en sécurité que je ne l'ai été ces dix dernières années. Puis je m'endors, paisible et sereine en me remémorant la voix de Robyn chantant les paroles de Sam Smith.

Il est peut-être l'homme que j'attendais…

26- Krys

Je me réveille en super forme, mon corps est courbaturé, mais je crois pour sûr que je n'ai jamais aussi bien dormi de toute ma vie.

En même temps vu les activités nocturnes de la veille, t'en avais bien besoin cocotte !

Quand j'ouvre les yeux, je surprends Robyn en train de me contempler.

— Bonjour Robyn.

Il sourit à pleines dents, m'embrasse tendrement avant de me saluer à son tour :

— Bonjour Krys, vous avez faim ?

Le mot « faim » réveille mes papilles et mon odorat en un clin d'œil. Et quand j'ouvre un peu plus les yeux, je remarque qu'il a déplacé la petite table qui se trouvait non loin de la porte d'entrée de sa chambre et y a déposé un plateau avec notre petit-déjeuner. Il contient un chocolat chaud, du thé, des croissants, du jus de fruits et des œufs brouillés au bacon grillé.

Je dévore littéralement mon assiette et file à la douche pendant que Robyn est au téléphone. Lorsque j'en sors, il semble être en train de m'attendre, car il est déjà tout habillé :

— Quelle heure est-il ?

— Il est 9 h moins le quart.

— Mon Dieu ! Mais c'est pas possible, je vais être en retard au travail !

Je commence à paniquer car je ne suis pas encore totalement prête alors que je dois être au bureau dans quinze minutes. Heureusement, Robyn intervient immédiatement pour me détendre. Il est carrément hilare face à la situation :

— Pourquoi toute cette agitation Krys, je suis votre patron donc je vous garantis que vous arriverez à l'heure. Et si jamais ce n'était pas le cas, vous étiez avec moi donc ce n'est pas dramatique.

Il s'approche de moi, me prend par la taille avant de m'embrasser amoureusement. *Il est en train de se passer quelque chose là ou c'est moi qui me fais des idées ?* Je suis sonnée par ce baiser qui n'a rien de similaire à tous ceux que nous avons déjà échangés : mon cœur bat plus fort, plus vite et je sens que je ne contrôle plus totalement la façon dont mes yeux dévisagent Robyn. Il prend mon visage entre ses mains comme pour m'empêcher de détourner le regard et affirme :

— Je vous dépose ? Vous pourrez venir récupérer votre voiture ici ce soir si vous le souhaitez.

— Votre proposition est plus qu'alléchante, mais je ne tiens pas à ce que les collègues nous voient arriver tous les deux. Je déteste les bruits de couloirs. Et je ne voudrais pas que tout le monde se mette à penser que j'ai couché avec vous pour obtenir ma place chez Laynn Agency.

Son visage se remplit de douceur au point que j'ai envie de le serrer fort dans mes bras. Il me caresse la joue puis déclare :

— Vous avez parfaitement raison, Krys. Bien que je me foute royalement de ce que les gens pensent, je ne tiens pas à ce que vous fassiez l'objet de rumeurs, car je sais que je ne le supporterais pas !

Et cette phrase fait terriblement résonnance à ces belles paroles d'hier et l'espace d'un instant, mon esprit n'a rien d'autre en tête que le souvenir du désir qui a incendié mon corps la nuit dernière. Robyn le remarque et me sort de mes pensées :

— Après vous jolie rêveuse !

Je le suis jusqu'à la porte d'entrée, monte dans ma voiture et m'installe sur mon siège quand Robyn me surprend en ouvrant la portière pour venir déposer un baiser sur ma joue.

J'arrive au bureau en moins de dix minutes à peu près comme Robyn qui m'emboite le pas à peine dix secondes plus tard. Nous ne prenons pas le même ascenseur et quand j'arrive au neuvième Jayce me fonce presque dessus :

— Mon Dieu ma chérie ! Tu as une mine *radieuse* ! J'en connais une qui a passé une nuit agitée n'est-ce pas ?

Le rouge me monte aux joues à une vitesse impressionnante. Je ne m'attendais pas du tout à ce que mes émotions soient aussi perceptibles sur mon visage. Mais je fais confiance à Jayce donc je lui raconte un peu sans trop lui donner trop de détails :

— J'ai rencontré un homme il y a une semaine de ça et au départ, je n'étais pas vraiment sûr qu'il était quelqu'un de bien.

Je réfléchis puis me corrige :

— Non en fait, je pensais que c'était un connard fini, mais il s'est passé tellement de choses depuis la première fois où je l'ai rencontré que j'ai l'impression de le connaitre depuis toujours. Et hier soir, il m'a offert surement la nuit la plus torride, la plus brutale, la plus douce et la plus romantique de toutes les nuits d'amour.

Jayce est pendu à mes lèvres comme si je lui livrais le potin le plus attendu de l'année. Et lorsque je finis mon histoire, il est excité comme une puce :

— Oh là là, mais Krys c'est génial ! De quoi il a l'air ? A-t-il le même corps que les joueurs de waterpolo que je t'ai montré la fois dernière ? Il faut absolument que tu me montres qui est le Roméo qui a fait chavirer ton cœur !

No fucking way !

J'essaye de détourner la conversation au maximum jusqu'à ce que j'utilise l'excuse la plus évidente à tenir au vu de la situation :

— J'ai trop envie de tout te raconter Jayce, mais j'ai pris du retard sur mon travail hier soir donc on déjeune ensemble ce midi.

Il me dévisage les bras croisés pendant ce qui me parait être une longue minute, arrange la mèche de sa coupe de cheveux avant d'affirmer :

— C'est OK pour moi ma beauté ! J'ai tellement hâte que tu me racontes tout ça plus en détail parce que tu m'as l'air vraiment épris de lui.

— Cesse de raconter des inepties. Je reviens d'ici quelques minutes, il faut que j'aille récupérer des documents dans le bureau de Robyn.

Bon ce n'est absolument pas vrai, mais j'ai besoin de lui parler.

Je me dirige de nouveau vers l'ascenseur. Je suis soulagée de me retrouver seule face à moi-même. Je reste quelques minutes dans la cabine métallique alors que je dois me rendre seulement à l'étage du dessus. Mais je ne peux m'empêcher de réfléchir à ce que Jayce vient de me dire. Je ne sais plus vraiment trop quoi penser, il faut que je joue cartes sur table avec Robyn.

Serait-il possible que je sois en train de développer des sentiments pour lui ? Qu'est-ce que je ressens dans mon cœur quand quelqu'un l'évoque ? Ai-je même déjà été amoureuse si ce n'est de ses yeux ?

Je balaye toutes ces interrogations de ma tête et me lance joyeusement dans le couloir du dixième étage. Mais quand j'arrive devant les baies vitrées, la scène à laquelle mes yeux assistent fait littéralement voler mon cœur en éclat. Natacha tient le menton de Robyn du bout des doigts et pose sa bouche sur la sienne avec une délicatesse hors du commun.

Lorsque Robyn m'aperçoit, son regard est terrifié, mais je ne veux rien savoir :

— Vous pouvez considérer que je ne travaille plus pour vous !

Je prononce cette phrase avec rage et m'enfuis vers l'ascenseur avant d'exploser en sanglots dans la cabine.

Comment ai-je pu être aussi stupide, comment ai-je pu croire que je pouvais avoir un avenir avec Robyn ? Non mais sérieusement, qu'est-ce qui m'a pris de coucher avec mon boss ?

J'avais vraiment l'impression d'être spéciale à ses yeux, qu'il me comprenait et qu'il acceptait toutes les parties de moi sans n'en juger aucune, mais je me suis trompée. Il se joue de moi depuis le début, je n'étais pour lui qu'un amusement alors qu'il se tape cette pétasse de Natacha.

Je n'ai jamais pu la blairer celle-là de toute façon. Elle m'a directement fait mauvaise impression et malgré tous ses efforts pour cacher la poufiasse qu'elle est, la vérité éclate désormais au grand jour.

Ils se sont bien foutus de ma gueule tous les deux.

Et pourtant, dès le départ, je savais que ce n'était pas une bonne idée, que toute cette histoire allait me retomber tôt ou tard sur le coin de la figure. Mais je ne me suis pas écoutée, j'ai décidé de faire confiance à un homme alors que je ne l'avais jamais réellement fait auparavant. Et pourquoi ? Seulement parce que je me sentais bien en sa compagnie et que je pensais qu’il m’appréciait à ma juste valeur. Il voyait réellement en moi celle que j'étais vraiment, celle dont je m’efforçais de masquer le caractère quand j'ai commencé à travailler pour lui…

Quand j'arrive dans le parking, mes larmes ne coulent plus. Mais je bouillonne de l'intérieur.

Comment a-t-il pu oser me faire ça à moi ?

Je me suis livrée à lui comme je ne l'ai jamais fait avec personne d’autre, pas même avec Peter. Et lui, il n’a rien trouvé de mieux que de piétiner ma dignité et sous mes yeux en plus ; là où il savait que je pouvais l'apercevoir à tout moment étant donné que les murs sont des putains de baies vitrées transparentes !

Mes talons cognent le sol avec fracas, je monte dans ma voiture, sors du parking et vais me garer deux rues plus loin. Je mets la chaine de radio où ils diffusent de l’opéra pour essayer de me calmer un peu avant de prendre la route. Je n'ai aucune envie de faire un accident parce que je suis trop énervée contre ce riche connard prétentieux, fils à maman à la pointe de la mode de mon cul !

Tu t'emballes là inspires, expires, lentement. Voilà c'est bien comme ça, tu vois quand tu veux !

Cinq minutes plus tard, je me sens prête à reprendre la route et quand j'arrive chez moi je m'écroule sur mon lit et de nouvelles larmes me montent aux joues.

J'avais l'intention de prendre une douche quand j'entends frapper à ma porte.

Putain, c'est vraiment pas le moment de venir me faire chier là !

Je regarde à travers le judas et reconnais Robyn.

Qu'est-ce qu'il fout là putain ? J'ai été claire non ?

Je n'arrive pas à déchiffrer son expression, mais je crois que j'ai besoin d'entendre ce qu'il a à me dire.

Enfin j'en sais trop rien

Je prends une grande inspiration afin que ma voix ne paraisse pas trop larmoyante :

— Allez-vous en Robyn, je ne veux pas vous voir.

Sa voix est basse à travers la porte, mais je sens la tension qui l'accompagne. Il crierait si on ne risquait pas de le reconnaître, de l'entendre, de le prendre en photo ou pire encore.

— S'il vous plait Krys, laissez-moi entrer !

Sauf que je ne réponds pas car tout compte fait, je n'ai pas la force de lui parler.

Quelques minutes se sont déjà écoulées et je crois avoir entendu sa voiture s'éloigner. Quand soudain, une pierre vient traverser l'un des carreaux de la fenêtre de mon salon. Les bouts de verre tombent sur le sol en un bruit stridulant. Et comme s'il n'en avait pas fait assez, Robyn s'approche de la fenêtre et s'exclame :

— Merde, je suis vraiment désolé Krys ! Je ne voulais pas du tout faire ça, mais il faut vraiment que vous m'écoutiez s'il vous plait ! Ouvrez-moi !

— Je n'ai plus rien à vous dire, Robyn.

— Je vous en prie Krys, vous ne pouvez pas me laisser comme ça ! C'est un gros malentendu.

Il tambourine contre la porte sauf que je ne suis pas en mesure de parler pour l'instant. Pourtant, sa voix ne cesse de monter en intensité :

— Bordel Krys, ouvrez cette putain de porte !

Mais je suis trop blessée, trop triste et trop secouée pour répondre. Et pour la première fois, je prends conscience que mes sentiments pour Robyn sont bel et bien réels eux aussi. Il m'aura fallu seulement une semaine pour tomber sous le charme de cet homme. Une semaine pour qu'il détruise toute la forteresse dont je m'étais entourée pour me protéger des hommes et du monde. Une semaine pour qu'il m'offre la plus belle relation que je n'ai jamais encore vécue pour finalement tout me reprendre en une seconde.

À suivre…

Remerciements

Je remercie toutes les personnes qui m'encouragent et me soutiennent jour après jour notamment ma famille et mes amies. Mais aussi toutes les belles personnes qu'il m'a été donné de rencontrer lors de l'écriture de mon roman, vos belles énergies sont une inspiration.

Je remercie également Cheick qui m'a glissé une idée que je trouve plus que géniale. Merci beaucoup pour cette discussion à Chartres et pour ton implication dans mes débuts d'écriture alors même que Domination n'était encore qu'une ébauche.

Je vous remercie vous, mes lecteurs, car sans vous, ma plume ne serait qu'une tache d'encre sur un morceau de papier. Merci de me permettre de vous accompagner où que vous soyez pendant les quelques moments de vie où vous me lisez.

Je remercie Hamid pour son aide précieuse, pour avoir pris le temps de répondre à mes questions. Merci de ta bienveillance et des connaissances que tu as partagées avec moi pour me permettre d'écrire ce roman sur la mode, un milieu que je ne connaissais pas.

Enfin, je voudrais remercier Perrine, ma correctrice, une femme pleine de douceur et de gentillesse. Merci infiniment pour ton travail, ton efficacité et ton professionnalisme. Merci de t'être rendue disponible, d'avoir corrigé mon roman avec autant de sérieux et d'avoir pallié toutes mes exigences.

À lire aussi

- *66 000 mots pour un je t'aime*

RETROUVEZ-MOI SUR INSTAGRAM POUR SUIVRE TOUTES MES AVENTURES !

À TRÈS VITE !

Paru le 28 janvier 2022